JN323576

そんだらごど言ったって

——三浦衛の秋田に寄せて

佐々木幹郎

わたしの父の名は「進」一字です
わたしの名は「衛」一字です
弟は「覚」これも一字
従兄弟たちの名も一字

一族はみな
「なした《どうした》？　なした？」
から始まる物語のなかを生きてきました

わたしのふるさとは　馬の腹のなかにあります
腹のなかには「ましゅぐなれ《臆病者》」の風がたまり
たまって　たまって　稲の穂がなびき
穂が地図を描きつつ
秋の稲刈りを待っているのです

「そんだらごど言ったって
田植えのひとつもでぎにゃくせに」

それなら　馬を呼んどくれ
男たち数人に囲まれて　マサカリで眉間を割られて
倒れる馬の　空を切る足の先に
あのとき　なぜ　まぼろしが
ひとつ　ふたつ　跳ねたのか

それがふるさと
「どぉ！」
「ばあ！」

何度叫んでも　誰もいない

黒光りする廊下の先
母の寝床の布団のなかに
馬に食いちぎられた
弟の人差し指が落ちていて

螢が飛ぶほど
殴りつけられた
ふるさとの　厚い手のひら
めまいのように
誰もいないのに
父のいびきが聴こえてくるのです

父のふるさと

秋田往来

もくじ

第一部

父のふるさと

まなぐ二つ

高校の一年か二年のときだったろうか、忘れられない思い出がある。夕刻、父が帰宅した。弟は中学生。祖父母もいた。もちろん母も。いつもと様子の違う父の姿に最初に気づいたのは、母だった。

「なした？　なにがあったが？」

父は黙然としたまま、口を開こうとしない。

「なした？　なした？」母の声がきつくなる。

なした、は標準語で言うところの「どうした」の意。

責め立てるような母の質問に、父はようやく重い口を開いた。父の口をついて出た言葉は意外なものだった。

「まなぐ二つねば、だめだど…」

父は当時、地元の土建業の会社で働いており、主に港湾関係の建設現場で大型機械を使っていた。建設機械を使うには大型特殊免許が必要で、父はその免許をすでに取得していたが、社長の指示により、一般的な大型免許を取得するべく自動車学校に通っていた。大型免許があれば、人を乗せるバスも運転できる…。

授業科目をすべて終え、試験というその日、学校側の人間から眼球が二つそろっていることが大型免許取得の条件であることを父は知らされた。迂闊《うかつ》といえば迂闊。父のことではない。そんな大事なことを、免許を取得したいと申し出た最初の日に言うのならともかく、取得に必要な全課程を終え、試験に受かりさえすればよいという日につたえるとは何事か。父の気持ちはいかばかりであったろう。

後日、自動車学校の人間が、あらためて父を訪ねてきた。知らなかったこととはいえ、申し訳ないことをしたと何度も頭を下げ、一升瓶を置いて帰っていった。

父は右の眼球がない。代わりに義眼が入っている。よちよち歩きも出来ない赤ん坊の頃、「えづこ」（赤ん坊を入れておく小型の風呂桶様のもの。中に藁しべ、藻草、布団などを敷く）のなかで遊んでいて目を掻《か》き、黴菌《ばいきん》が入ったことが原因で失明した。片方の目が救われたのが不幸中の幸いだった。

平成十年に亡くなった祖母は、亡くなるまでそのことを気にしていた。貧乏で忙しく不可抗力であったにもかかわらず、祖母はおそらく、父の片目失明を己の罪として一生をおくった。一歳にならぬ父を秋田市の病院に入院させていたとき、目にご利益のある寺があることを耳にした祖母は、医者に内緒《ないしょ》で夜半、父を連れ出し寺を訪ね、そのまま四十日ちかく寺に籠《こ》もったという。しかし、失ったひかりが戻ってくるはずはなかった。幼い父を抱いて汽車から飛び下りようと思ったこともあったそうだ。

大学に入った年の夏休みに帰省したわたしと二人でいたとき、祖母は、あらたまった様子でわたしに告げた。「お前の父さんは体に弱いところがある。父さんを助けてやれよ。たのんだぞ…」

父は昭和六年八月二十二日、八人兄弟の長男として生まれている。昭和六年という年はどういう年だったのだろう。二年前、ニューヨークのウォール街の株の暴落から始まった世界恐慌がいよいよ日本にも波及し、都市では失業者が町にあふれ出したと歴史は教えている。この混乱期に起こったのが、いわゆる紙芝居である。

絵物語式の紙芝居が、失業者たちによって担われた庶民文化であったことを知るものは、そう多くない。田中次郎と後藤時蔵という二人の若者が生活に困り果て、苦肉の策として考え出したのが今いうところの紙芝居である。『黄金バット』はその代表作。

ところで『黄金バット』は最初から『黄金バット』だったわけではない。怪盗『黒バット』がそもそもの始まり。田中と後藤が、白い骸骨に黒マントの怪人が活躍する『黒バット』という話をでっち上げ、永松武雄が絵を描いた。後にマンガにもなり、テレビでも放送された『黄金バット』は、もともと紙芝居『黒バット』として製作されたものである。

『黒バット』は好評を博したが、どこでやっても最後がどうなるか、子どもたちから訊かれるようになった。そのときアイディアを出したのが、鈴木平太朗（鈴木一郎）という紙芝居屋で、「黒バットより強いのをだして、黒バットを殺してしまえば終りになるよ」と提言。「強いというと、どんな人物にするのかね」「黒バットが悪の巨魁《きよかい》だから正義の味方にしたらどうだろう。黒バットの白骸骨黒マントに対して、金の骸骨に赤マントはどうだ。派手でいいぞ。名前は煙草のゴールデンバットからとって黄金バットとでもしようか」「よし、それでいこう」。ほんとかよ、とも思うが、どうもほんとうらしい。うそだと思うなら、加太こうじの『紙芝居昭和史』（立風書房、のちに岩波現代文庫）を開けて見てほしい。

最初は絵の裏に読み上げるための文字はなかった。ところが紙芝居に夢中になっている子どもたちから紙芝居のストーリーへの鋭い突っ込みがなされ、後に、絵の裏に読み上げる台詞《せりふ》を書くようになった。

わたしが以前勤めていた出版社で『紙芝居大全集』を編集したとき、永松武雄の娘と名のる方から会社に電話があり、彼女の父が描いたという『黄金バット』を持っているから見に来てほしいという。千葉にある自宅にお邪魔し、それを見せていただいた。B5判を横にしたサイズぐらいの小さなもので、ストーリーがつながらないけれども、十数枚あった。紙芝居は、もともと印刷された物ではない。一枚一枚手描きだ。紙芝居を所有する貸元がいて、そこから「紙芝居のおじさん」たちが、たとえば、今日は『黄金バット』の第五話と第六話を借り出して上野の辺りを廻《まわ》ろうか、というふうな具合だ。当時、貸元も「紙芝居のおじさん」たちも大勢いたのだろう。ひとつの地区が終れば、貸元同士が紙芝居を交換し合い、それによって紙芝居は全国に普及する。それがどの程度、失業者を吸収する仕事になったかは分からない。

当時の疲弊した社会の実例としてもう一つ、農村の子どもらが空腹に耐えきれず生の大根を齧《かじ》っている写真を歴史の教科書で見たことがある。昭和六年、東北地方を未曾有《みぞう》の凶作が襲い、そのため、昼食の弁当を持参しない欠食児童が現れ、借金の身代わりに幼い娘を都会へ働きに出す親もいた。世界恐慌と凶作。そういう時代に父は生まれた。

貧しい農家にあって、親が子どもにかかわってやれる時間は限られていたのだろう。父の弟姉妹は、男が三人、女が五人。上から貞子、進(父)、ミサ子、勤、正紀、光子、幸子、敏子。親も子も大きな時代の波に巻き込まれていくことになる。

源八質

祖母リヱは、明治四十四年四月二十日、草階家の七人兄妹の末子として生まれた。リヱの父の名は源八。「源八質《げんぱちたち》」という言葉がささやかれていたらしく、源八だけでなく、その子どもたちもよく働くと噂《うわさ》された。リヱは源八質の名に恥じず、小さい頃からよく働いた。

義務教育制度がすでに布《し》かれていたにもかかわらず、小学校にも行っていない。貧しい農家の家計を助けるために数え年十三で奉公に出た。資産家の家事を手伝い一日中働いたという。どうしても眠いときは、トイレに駆け込み、少しの時間居眠りをした。学校に縁のなかった祖母は、奉公先の息子が大学の休みで帰郷した折に、平仮名と片仮名、簡単な漢字を習った。

地元の資産家のもとでの働きを終えた後、祖母は秋田市にある旅館に勤め口を得た。県知事が重要な打ち合わせをするのに使うような由緒《ゆいしょ》ある旅館だった。働き者の祖母は女将《おかみ》に可愛がられた。わたしが生まれ、物心ついたときはとっくに旅館を辞めていたが、人手が足りなくなると、事前に手紙が届き、祖母は数日旅館の仕事を手伝い給金をもらった。祖母に連れられ、わたしも何度かそこを訪ねたことがある。「これがリュさんのお孫さんですか」と、女将はしげしげとわたしの顔を眺めた。

県で一番の進学校に入学し、わたしは祖母といっしょに入学に必要な物をそろえに秋田市へ買い物に行ったことがある。祖母は入る店ごとに、店員に「孫が秋田高校に受かりまして」と告げた。「おばあちゃん。恥ずかしいから止めてよ」と言っても、次の店でもやっぱり「孫が秋田高校に受かりまして」を祖母は繰り返した。

いま、わたしの机の上に二宮金次郎の像がある。陶器で出来たもので、身長は三十センチほど。手に持つとずしりと重い。祖母からもらったものだ。

三十七年前、わたしが高校に入学したとき、若い頃に勤めていた秋田市の旅館の女将が、孫へと言って祖母に渡してくれたものである。大事そうに包みを開け、祖母は言った。

「これは○○旅館の女将さんが、これからも勉強を頑張りなさいと言って、お前に下さったものだよ」

源八質の血を受け継いだ祖母は、八十六年の生涯を働きづめに働いた。貧しく働きづめのせいで、子どもたちに十分な結婚式をしてやれなかったと感じていた祖母は、爪に火をともすようにして貯《た》めたおカネを、孫たちが大きくなってからその親たちへ、祖母にとっては子どもらへ五万円ずつ贈った。子どもらの中にはそれに手をつけず貯金通帳をつくったものもいる。祖母は朝鮮菊が好きだった。

祖母は八十六歳で亡くなったが、すぐ上の兄・佐太郎も八十六歳、その上の兄・亀太郎も八十六歳で亡くなった。

佐太郎さん

祖母のすぐ上の兄・佐太郎さんを、わたしは、祖母と同様に好きだった。秋田では禿《は》げ頭のことを薬缶頭《やかんあたま》というが、佐太郎さんの頭は形も薬缶らしく、つんつるてんの典型的な薬缶頭だった。いつもにこにこと笑顔を絶やさず、体に似合わぬ大きな声で話す。横浜に住んでいる一番下の娘のところに遊びに往《い》って帰ってきた佐太郎さんは、そのことをわたしの家まで知らせに来たとき、「横浜駅だば、ふとが多くて、おらみだいな田舎ものだば、かんきらこするな」と言った。かんきらこ。その言葉のニュアンスと、それを言ったときの佐太郎さんの困ったような顔が忘れられない。横浜駅は、長年住んでいるわたしでも人が多くて、確かに、いいいかんきらこする。

佐太郎さんは、わたしの祖父とも仲が良く、お茶を飲みながらよく語り合った。

佐太郎さんは、酒が入ると必ず歌う歌があった。三波春夫の「チャンチキおけさ」。みずから口三味線で、チャラララ　チャラララ　チャラララララ〜　月が〜、と歌い出すのだが、いつもほんのさわりだけ。一番すら最後まで歌い通すことはなかった。宴席に集まった者たちは佐太郎さんの歌の癖《くせ》をよく知っていたから、陰で「また途中で止めて話し始めるぞ」などと小声で冷やかした。間もなく佐太郎さんは本当に途中で歌を止め、ほろ酔いの体を傾けては大声で話し始めるのだった。「ほらね」。あちこちからクスクス笑い声が洩《も》れた。子どものわたしもつられて笑った。みんな、佐太郎さんが好きだった。四十年も前の話だ。

いつだったか、テレビをつけたら、作家の森村誠一が出ていた。森村さん曰く、三波春夫は根っからの明るい人で、三波本人が気づいていないところでも、彼の明るさのおかげでどれだけ多くの人が救われたか。その明るさは光源のようであり、おそらく、母の胎《たい》に着床した時点からのものだったろう、云々。三波春夫の歌で森村さんの一番好きな歌が「チャンチキおけさ」なのだという。ある時、ふと気がつけば、歌を聴きながら涙が頬をつたい、もう少し頑張って生きてみようと森村さん、励まされたのだそうだ。わたしはすぐに佐太郎さんのことを思い出した。

佐太郎さんの歌で知った三波春夫の「チャンチキおけさ」だが、歌詞を正確に知らないでこれまで来てしまった。佐太郎さんは、いつも決まって途中まで歌い、あとは、酒の席のどうでもいいような話に移っていったから。

「チャンチキおけさ」の一番の歌詞はこうだ。

月がわびしい　露地裏の　屋台の酒の　ほろ苦さ
知らぬ同志が　小皿叩いて　チャンチキおけさ
おけさ切なや　やるせなや

佐太郎さんの十八番《おはこ》の歌の歌詞を正確に知らないできて良かったのかもしれない。いま改めて、あの明るいメロディーで歌われる歌の歌詞をかみしめると、新鮮な驚きとともに柔らかい哀しみに充たされ、佐太郎さんがこの歌を好きで歌っていた理由がなんとなく分かる気がするからだ。

父の作文

秋田に秋田魁新報という新聞がある。あきたさきがけしんぽう。秋田に住んでいて魁を読まぬ人間は、秋田人にあらずといっても過言でないほど地元の人には馴染《なじ》みのある由緒《ゆいしょ》正しき新聞である。一八七四年（明治七）創刊。全国で四番目に古い。その魁新報に、父は一度だけ載《の》ったことがあるらしい。

父の小学校一年と二年の担任を齋藤俊子先生といった。現在の井川町町長・齋藤正寧《まさやす》氏の母上である。作文の宿題が出て、父は、本家での集まりに際して鶏をつぶす場面に出くわしたときの驚きを、そのまま作文に記した。鶏をつぶしての料理は、当地では何よりのご馳走である。鶏をつぶすとき、長い首を三回ほどねじる。小学二年の父は、首をねじられて殺される鶏の姿を目の当たりにし、子どもらしく涙を流した。かわいそうでならなかった。そのことを、興奮冷めやらぬまま作文に書いた。それを担任の齋藤先生が魁に投稿した。

父の小学二年は、昭和十四年に当たる。わたしは、その年について、勝手な想像を働かせている。

わたしの実家から歩いて五分ほどのところに武塙三山《たけはなさんざん》（祐吉）の碑が立っている。武塙三山は、上井河村（現在、井川町）井内出身で、早稲田大学を卒業後、秋田魁新報社に入社し、経理部長、整理部長を務めた後、魁新報社の社長に就いた先達《せんだつ》で、ほかに、上井河村村長、秋田放送社長、秋田市長を歴任した。三山は雅号で、はじめは柳蛙《りゅうあ》を用いていたという。一匹の蛙が柳の枝に飛びつこうとして、幾度となく失敗しながら、倦《う》まず、たゆまず、とうとう成功したという小野道風の柳と蛙の故事によるもので、不撓不屈《ふとうふくつ》の精神で勉強すれば、何事も成るという励ましの意味を込め、石川理紀之助（一八四五年―一九一五年）がつけてくれたものである。石川は、「明治の二宮尊徳」「秋田の二宮尊徳」とも称される農業指導者で農聖と呼ばれた。

当時は、雅号を用いるのが流行だったらしく、武塙は石川翁に会ったときに、それをお願いした。ところが、柳蛙は語呂が悪くて言いづらいと感じた武塙は、一度も用いず、そのまま捨ててしまった。

その後、早稲田大学教授で、『大日本地名辞書』の著者として著名だった吉田東伍博士が秋田を訪れたとき、雅号のことを願ったら、三山にしたらどうかと言われた。高山というものは、たいがい二国ないし三国にまたがっている。例えば、鳥海山は秋田と山形の両県にまたがっているが、ひとり太平山だけは秋田一国に独立して聳《そび》えている。中国では太平山（香港の観光地ヴィクトリア・ピークのことか。太平山とも称するという。百万ドルの夜景の名所として夙《つと》に有名。それよりも、台湾、大同郷内に聳え立つ標高一九五〇メートルの山のことか——筆者注）を三山と呼び、名山として名高い、云々。

というような意味のことを吉田博士が武塙に語り、太平山の漢詩を扇子に書いて武塙にくださったそうである。三山は散々に通じ、散々な奴かな、と冷やかすものもあったらしいが、語呂は悪くもなく、そのまま用いたということが武塙の著『秋田の人々』（秋田県広報協会、昭和三十九年）に記されている。

ちなみに吉田東伍は一八六四年、越後国（新潟県）北蒲原郡安田村（現・阿賀野市）の生まれ。天才肌の学者で、一日十五時間の執筆をみずからに課し、十三年間で『大日本地名辞書』を完成させた。吉田は「パン食を好み夕食だけは雑炊という実に簡単な食事をとるのが日課であった。朝六時に起床し、申し訳程度に顔を洗うが、歯をみがくことはなかった。著述の時間を惜しむためであったらしい。執筆は朝からはじめ、昼食後三十分ほど休み、再び筆をとり、夕食のときもほとんどしゃべらず、十時に就寝するというのが日課であった。」（千田稔『地名の巨人 吉田東伍――大日本地名辞書の誕生』角川書店、二〇〇三年）

幾多の地名辞書がその後刊行されたが、土地への愛情とそこで暮らしてきた人びとへの共感をともない文学的香りの馥郁《ふくいく》たることにおいて、『大日本地名辞書』を超えるものは存在しない。高名な歌人であり民俗学者でもある日本地名研究所の所長・谷川健一は、鳥の鳴かぬ日はあっても『大日本地名辞書』を開かぬ日はなかったと、最上級の言葉で吉田の偉業を讃《たた》えている。

話が横道に逸《そ》れたが、武塙三山が魁新報社時代、取締役編集局長になったのが昭和十四年三月である。父の鶏屠殺《とさつ》の作文が魁に載ったとすれば、武塙が直接の担当ではなかったにしても、編集局長という役柄、目に触れる機会はあったのではなかろうか。そして作文採用の許諾に、武塙の鶏好きの性格が与《あずか》ったのではなかったか。

武塙三山は名文家としても夙《つと》に有名であるが、彼の著作に『離村記』（龍星閣、昭和三十二年）がある。その最終章が「鶏の夫婦」だ。そこには、感傷を極力排した鶏そのままの生態がしるされており、酉年生《とりどし》まれというだけでなく、鶏といっしょに育ったといっても過言ではないわたしなどの目からすると、地を這《は》うような記述がくるりと表を返し、天に触れるかと形容したくなる文章と内容である。刊行から月日が経ち、手に入りにくくなっている本でもあり、武塙の目の確かさを知るためにも、少々長くなるが引いておきたい。

…二日ばかりおくれてだかせた一個はまだ生れないが、くさってはいないようであった。さきに生れたヒヨコが、親とりのふところの中でピヨロピヨロと可憐な声で泣くと、親とりは巣から出て、もうのこる一つをあたためようとしない。しかし、朝から晩まで捨られて、冷めたくなっていた卵を、さきに生れたヒヨコと一緒に、その夜親とりのふところに入れておいた。一トたび生命を吹き込まれたものは、容易に死滅しないものと見えて、殻の中でかすかに泣く音がきこえる。が、形となって現れたヒヨコの愛に夢中な親とりは、もうぢきに生れ出ようとする卵をふり向こうとしなかった。どうにもならないので私は私のふところに入れてあたためてやった。すると殻を破って半分ばかり生れかけてきた。

丁度その時、親とりは羽の下に、ヒヨコたちをかばっていたので、未だ殻からぬけ切れない、半身はたまご、半身は毛のぬれているヒヨコを親とりのふところに入れてやった。しかしさきに生れたヒヨコが泣く毎に、親とりは起ったり、すわったり、巣をかきまわして、もうぢきに殻からぬけ出ようとするヒヨコを踏みつぶしてしまった。そのうち、さきに生れた四羽のヒヨコを引連れて、家の前にあそんでいたが、その一羽は猫にさらわれた。親とりは気ちがい女が、蜂にさされたかのような、気味のわるいただならぬ叫びを上げて、そこら辺を狂いまわった。この叫びに私は駈けつけたので、猫は狼狽して、くわえたヒヨコを草むらに捨てて逃げ去ったが、脊骨はかまれ、左の足が折られ、腹部に穴をあけられて血がふいていた。そして、円い可愛い目を閉ぢたまま開かない。時々小さな声で、かすかに泣くばかりであった。

私は可哀相でならないので、血どめ薬をぬって、流れ出る血をとめ、足と脊部の傷に赤チンキをぬって手当した。仲々の重態であるが、親とりの子を呼ぶ声を耳にしたら、今まで閉ぢて開かなかった目をあいて、あたりを見まわした。私は親とりを籠に入れて、重態のヒヨコも籠の中に入れてやった。毛が血と赤チンキで真紅に染って、一瞬の間に、全く変り果てたわが子の姿を見た親とりは、異様なおどろきの目でながめていた。今の今まで、首をたれて、地べたに伏せたまま、目をとぢていた重態のヒヨコは、一本の足で立ち上って、親とりのそばに漸く辿りついた。ふところにあたためて貰いたいそぶりは、私の目にもよくわかるのであるが、三羽のヒヨコが、元気よく馳せまわっているので、一羽の病児のために、特別にふところを開かうとはしなかった。私は見ていて、気がもめてならないが、その気になるまで見ているより外なかった。猫にわが子が襲われた時、自分の生命の危険をわすれて、猫にとびつくほど子を愛する親とりは、変った姿の病児を、果してわが児か否か半信半疑のそぶりは聊か情けなかった。親とりの愛は、一視同仁、特別に保護を加えなければならない病児のために、特別扱いをしてくれなかった。餌を見つけると、親とりはどんなに腹がすいていても、自分で食わないで実にやさしい声でヒヨコたちを呼ぶ。見なれない餌は、先ず自分で試めして見てからヒヨコを呼ぶ。またヒヨコが、のみくだせないような大きい餌は、自分でかみ砕いてからヒヨコを呼ぶのである。その度ごとに、丈夫で足の早いものが、常に余計に食べるのであるから、ますます丈夫になるが、弱い病児は食べおくれて、追いついて行けない。親とりのふところを求めてやまなかった重態のヒヨコは、とうとう救われず、数時間の後に、冷めたくなって、あの可愛い目を再び開かなかった。

昭和二十二年十一月、占領軍の追放令により秋田魁新報社社長を退任した武塙は、郷里に戻った際の記録として昭和二十三年十月『帰農半歳記』を私家版として上梓し、その後、訂正加筆し『離村記』に再録した。

コロのこと

父が子どもの頃の遊びといえば、近くの赤沢山へ行っての演習ごっこ。竹の棒を持って戦争の真似事《まねごと》をした。それに、パッチ。コマ回し。かくれんぼ。

若かった祖父は、横浜の造船所や樺太《からふと》にある港の荷揚げ作業などの出稼《でかせ》ぎに赴《おもむ》き、祖父が留守の間、父は祖母といっしょに馬耕《ばこう》をかけた。国民学校初等科四年の頃である。また、姉の貞子が学校から帰ってくるのを待って、三人で小田沢《こださわ》の山へ行った。棒にカギを付けた道具を持ち、杉の枝を搔き落とし、それをあつめて持ち帰った。杉の枝はそのころ唯一の燃料であり、囲炉裏やご飯の焚き木として使用した。

父は子どもの頃からよく働いた。祖父が本家にあった移動籾摺《もみす》り機を借り受け、村を回って賃稼ぎをするときは、くっついて歩いて手伝った。周囲から「どらんこ」（煙草入れのこと）と呼ばれた。籾摺りの仕事先でふるまわれるダマッコ餅《もち》などの料理が楽しみで、仕事のつらさなど屁《へ》でもなかった。

移動籾摺り機のことでいえば、国民学校を終え、金足農業高校の専修科を卒業した父は、新しく移動籾摺り機を購入し、村中を廻《まわ》ることになる。早く拠出《きよしゆつ》された米は早場米《はやばまい》と称され、いくぶん高く買い上げられた。父はその後、出稼ぎに出るようになるが、そのまえ四、五年ほどは、この仕事でカネを稼いだ。

国民学校へ通学するのに、冬でも長靴はなく、祖父が作った藁《わら》の三平《さんぺい》を履《は》いて通った。クラスに数足長靴が配給されることがあった。たまに抽籤に当たり、それを購入したこともあった。

昭和十九年、国民学校高等科一年の頃、男子は父役、女子は母役、下級生は子ども役、五、六人で一家とみたて、学校から一キロほど離れた場所にある畑で、ジャガイモなどの野菜をつくり収穫したことがあった。B29が飛んできて避難したこと一再《いっさい》ならず。
四、五人ずつが一組となり、肩を組み、糞尿《ふんにょう》を撒《ま》いた堆肥場《たいひば》の上を裸足で踏みならしたのもその頃だ。桶《おけ》に入れた糞尿の塊《かたまり》を素手で細かく砕くことをみずから範を示して子どもらにやらせる先生もいた。嫌がる生徒は蛍《ほたる》が飛ぶほど（！）往復びんたで殴《なぐ》られた。
強烈に殴られたときの痛さと身体の変容を、眼から火がでると称したり、星がきらきらすると言ったりもするが、秋田では（それとも、我が町・井川だけか）闇に蛍が飛び交うほどの意で、「ほだるとぶだげ」というう。眼から火がでるとか、星がきらきらするほどとか言われても、へへ、そんな程度かよとわたしなど思うに過ぎないけれど、この「ほだるとぶだけ」は、それを耳にするだけで、バッチーン！　という厚手の手のひらに頬《ほほ》がこそげ落とされるぐらいの身体感覚を伴う。

父には、子ども時代どうしても忘れられない思い出がある。初等科二年生の頃、父の家では柴犬を飼っていた。柴犬といっても、もちろん純血種ではない。父と弟妹たちはコロと名づけ、家族のように可愛がっていた。あるとき、学校から帰った父は、いつも走り寄って飛びついてくるコロの姿が、その日見えないことを不思議に思った。家の周りを探し、あちこち見て回っているうちに、やがて祖父が、さばいた肉を持ち、畦《くろ》を歩いてくるではないか。すぐに事の次第を了解した幼い父は開いた口が塞《ふさ》がらない。コロを殺すとは何事か。いかに親でも許せない！　聞けば、丘の下に流れている川までコロを連れて行き、そこで殺してさばいて来たという。あふれる涙をどうしようもなかった。その肉を父は食べたか、食べなかったか。以来、父は何十年も犬を飼おうとしなかった。犬をペットとしてでなく、食うために飼っていた時代の話である。

馬のこと

　これも国民学校初等科四、五年生の頃。連日、夕方になると必ずといっていいほど馬を川に連れて行き、脚を冷やしてあげた。父が一人ならば、ゆっくり余裕をもって帰ってこられたが、たまに従兄の清作といっしょになることがあった。

　清作は父より二つ年上。いっしょになれば親しい仲、馬にまたがり並んで歩き出す。最初はパッパカパッパカパッパカパッパカ…、足どりも軽い。やがて、どちらから言うともなく、競走になる。目印のカーブを過ぎた辺りから、二人とも必死の形相《ぎょうそう》。父の体軀《たいく》はまだ小さく、足を馬の腹にからませることができない。清作は幾分《いくぶん》それができて、馬を急《せ》き立てる。主人のこころが分かってか、父の馬も負けてはならじと追いかける。走りに走ったその挙句《あげく》、勢いあまって落馬し、人事不省《じんじふせい》に陥ったまま村のものに担がれて帰宅したこともあったという。ほかにも、落馬したこと一再《いっさい》ならず。

これも馬を川に連れていった夕方のこと。その時の馬は二歳馬であったが、脚の速い馬だった。村内の児玉家で働いていた若勢《わかぜい》で、父より五歳ほど年上の青年が、「進、この馬と競走してみないか」と、父に声をかけた。児玉家の主人は博労《ばくろう》の傾向があり、しばしば馬を取り替えた。若勢が使っていた馬は、北海道の競走馬で、役目を終えたものを児玉家が買ったものらしく、耳と眼に布を付け、いかにも競走馬然としている。若勢に声を掛けられた父は、負けたって別にどうってこともないのだからと、勝負に挑んだ。

村の上手にある大平橋を起点に二頭そろってヨーイ、ドン！　相手はさすがに競走馬だけあって、スタートダッシュよろしく、一気に走り出す。一方、父の馬は、まったくの素人《しろうと》。人ではないから素馬か。三メートル遅れて走り出した。ところが山崎岩蔵さん宅のカーブの手前で、競走馬を素人の二歳馬が追い抜いてしまった。父は下駄履き。若勢はといえば、競馬のためのちゃんとした衣装を身に着けている。悔しがった、悔しがった。

「進、もう一回やろう」

今度は大平橋からさらに奥へ四百メートルほど入った場所からスタート。スタートは前回同様、父が乗る馬は、三、四メートルばかり出遅れた。が、今回も大平橋の手前百メートルほどのところで難なく抜いた。若勢、とうとう諦めたか、もはや父を誘うことはなかった…。

昭和二十年八月十五日、日本は戦争に負け、ポツダム宣言を受諾した。この年の二十二日が父の十四度目の誕生日である。

戦争に負けたことにより、さまざまな流言飛語が飛び交うようになった。特筆すべきは、馬も牛もすべて占領軍によって奪い取られるというもの。当時、家には一頭の馬がいた。農耕馬というよりも、大きく育てていずれ食肉として人間の胃の腑に落ちる運命にある馬だった。流言飛語は鳴り止まず、どうせ奪い取られるのなら、その前に殺して食ってしまったほうがよくはないか。

馬を連れ、家の裏手から三百メートルほど離れた小高い丘に向かった。まだ三十代の祖父がいる。周りには、近所の大人たち。だれが鉞《まさかり》で馬を殺すか。幼なじみの従兄・清作もその場にいた。

元気がとりえの清作がその任に指名された。清作がおもむろに鉞を持ち、大きく振り上げ、馬の眉間めがけて振り下ろす。手元が狂って、鉞の刃が馬の肩に食い込む。馬はいやいやをするように鉞をふりはらい、何事もなかったかのように、畦に生えている草を食んだ。清作は気を取り直し、さらに馬に襲い掛かる。転ぶようにどうと倒れ、もはや立ち上がることはなかった。今わの際の馬の眼を、片方しかない父の眼は忘れていない。

わたしはその話をこれまで父から何度か聞かされてきたが、時代が時代とはいえ、ずいぶん残酷なことをしたものだと思った。しかし、当時、どこの家でも牛馬を飼育しており、各家で屠畜《とちく》し、食用に供することはそれほど珍しいことではなかったようだ。

ここに一冊の詩集がある。井川町在住の詩人・齋藤肇氏の『日々の道』(書肆えん、平成二十一年)。その中に、「密殺」という詩がある。

その時何故そこに居合わせたのか、詳しいことは定かでなくなってしまったが、その光景だけは今も鮮やかに記憶する。

穫《と》れた米は全て供出。農家でも白い飯は食べられず、学童も路肩を掘って大豆を植えた。食用の蝗《いなご》も捕った。撓《たわ》む野竹に付けた鯰《なまず》の置き針数十本を抱えては、朝な夕なに川淵や堰筋を巡り歩いた時代であった。

聳え立つ産土《うぶすな》の欅も御軍《みいくさ》船《ぶね》に余儀なく献納。半裸になった御堂《みどう》を必死で護るかに、千手を翳《かざ》した公孫樹が、遺った雑木と共に野竹の小藪の上に小さな杜《もり》を繕っていた。

御堂の杜の後ろは低い川跡。悪土《あくど》を掘った窪みが川縁まで連なっていて、不断は人の気配などあろう筈のない所であった。

――野竹の小藪の隙間から、息を呑んでそれを見た。

一頭の栗毛が、四、五人の大人達に取り囲まれていた。きつく噛んだ轡《くつわ》のロープ。ちぎれんばかりの両手綱。馬は、前肢を八の字に、首を振り上げのけ反って、後去り、震え、むき出した予感の目は、後手《うしろで》に隠し持つ薪割り斧におののいていた。

二つ三つ、鈍重な響き。——馬は、どっしと崩れ落ち、四肢は宙をもがく。

その夜、裏木戸から密やかに大人達の門廻りがあった。ことば少なに数日間、味噌あじの濃い珍味をいただいた。

以来半世紀、その光景を胸深く秘めたまま、いのちや摂理や戦争や家畜のことなど、想いに耽ることがある。

他県ではどうだったのかが気になり、図書館で「屠畜」に関する本を借り出して調べてみた。『屠場文化』（創土社、二〇〇一年）に滋賀県の例が載っている。

食肉用の屠畜に衛生検査が導入されるきっかけとなったのは一八七一年（明治四）の大蔵省達第三八号で、屠場を人家から離れて設けることが布達されるとともに、病牛・死牛の食肉販売が禁止された。しかも滋賀県は二年後に、屠牛は許可を受けた屠場、獣医と博労の立ち会いのもとで病気の有無を検査するように命じている。屠場に獣医である検査員の配置が義務化されたのは、そのときからである。

牛《ぎゅう》、豚《とん》、馬《ば》、山羊《さんよう》、緬羊《めんよう》。だいたい、その五つの種類はね、殺すときにね、かってに自分の家とかね、それとか蔵とか山とかで殺したりしたら、これは犯罪になるわけ。それは指定のところで、ちゃんと屠殺せんとあかんわね。

戦後になっても皮をとるためにイタチ、兎、狐などの小動物の解体を自宅の庭や物置でおこなった例は少なくなかった。滋賀県の北部、湖北のむらにも、やはり村営屠場があった。牛馬などの大動物を屠畜する食肉業者は別として、戦後まもなく、とりたてて従事する産業もなかったむらの人びとは、皮を売るために近辺の山でとった小動物の解体を自宅の裏庭や自宅前の道でおこなった。屠場利用料を節約するためである。これは「密殺」と呼ばれた。衛生上の問題がうるさく指摘されるようになり、収入源をほかに求めるようになった一九五〇年代半ば、しだいに「密殺」もなくなった。

昭和二十八年八月、と畜場法（と畜の「と」は、もとは「屠」であるが、このときを境に公的な文書では「屠場」の「屠」が「と」と、平仮名書きされるようになった。中国で「屠殺」といえば「虐殺」のことを指す）が制定され、それまでの「屠場法」（明治三十九年、制定施行）

は全面改正された。その第一条に「この法律は、と畜場の経営及び食用に供するために行う獣畜の処理の適正の確保のために公衆衛生の見地から必要な規制その他の措置を講じ、もって国民の健康の保護を図ることを目的とする」とある。第三条に、「この法律で「獣畜」とは、牛、馬、豚、めん羊及び山羊をいう」とある。その第二項に、「この法律で「と畜場」とは、食用に供する目的で獣畜をとさつし、又は解体するために設置された施設をいう」とあり、都道府県知事の許可を受けなければ、設置することはできないこととなった。また第十三条第一項にいう。「何人も、と畜場以外の場所において、食用に供する目的で獣畜をとさつしてはならない。」第二項「何人も、と畜場以外の場所において、食用に供する目的で獣畜を解体してはならない。」これに違反した場合、例外はあるものの、三年以下の懲役または三〇〇万円以下の罰金と手厳しい。

明治期に制定された「屠場法」においても、その第二条において、

「屠場ヲ設立セムトスル者ハ地方長官（東京府ニ於テハ警視総監）ノ許可ヲ受クヘシ」となっているが、第三条に、「屠場以外ニ於テハ食用ニ供スル目的ヲ以テ獣畜ヲ屠殺解体スルコトヲ得ス但シ自家用其ノ他特別ノ事情アル場合ハ命令ノ定ムル所ニ依ル」とあって、戦後改正された法律に比べると大らかというか、素人目には情状酌量の余地ある解釈が可能で、「密殺」は庶民レベルでその間隙《かんげき》を縫《ぬ》って行われたものではなかったかと想像される。

ところで、戦後の「と畜場法」で定める「獣畜」のなかに鶏は入っていない。だからなのか、今もわたしの帰省に合わせて、父は飼っている鶏をつぶし、きりたんぽ鍋に入れるなど食用に供している。

清作はその後自衛隊に入り、青森県に赴任。その地で知り合った女性と結婚し所帯を持ったが、仕事を終えての帰宅途中、酔っ払いを注意したことがきっかけとなり喧嘩に巻き込まれ、太腿《ふともも》の付け根をドスで刺され出血多量でほぼ即死に近い死に方をした。元気じるしが禍《わざわい》したのだったかもしれない。刺された清作は、大声で助けをもとめたが、だれもそばに寄ってくるものはなかったという。田舎とちがって、都会は人情が薄いから助けるものとてなかったのだろうという話が父の耳にも届いた。しかし、それから二十年も経って、父は、人情云々《うんぬん》が都会にかぎらぬものであることを、身に沁みて知ることになる。

金足農業高校の専修科を卒業した父は、十六、七歳の頃から、毎朝三時に起きて、馬の背に鞍《くら》を置き、往《い》きは馬に乗り、山へ草刈《くさかり》に向かった。帰りは刈った草を鞍につけた。帰宅は、早くて七時、遅くなると九時を回ることもあった。鞍から草を下ろし、馬屋に草を敷《し》き、祖母が家の周りで刈っておいた馬草を与えて朝の仕事が終る。朝食のおかずは白魚の刺身。干拓前の八郎潟は、その頃まだ水が満々《まんまん》としており、帆掛《ほか》け舟が潟の風物詩であった。そこで獲れた白魚を行商の魚屋が持ってきた。祖母がきれいにゴミを払いのけ、皿いっぱいの白魚に醬油をかけてたらふく食べた。その美味しかったこと。

あるとき、武台《ぶだい》の山へ行き、草刈を終え、草を束《たば》ねて馬に積んだ。ロープの端を歯で嚙《か》み、ロープをきつく締めようとしたその時、馬に虻《あぶ》がまとわり付いて刺したから大変だ。馬が尻を跳ね上げ、虻を払おうとする。ロープを嚙んでいた歯が二本、グイと前に煽《あお》られ、眼から火がでた。（殴《なぐ》られたわけではないから、この場合、蛍は飛ばない）そのまま煽り返したが、痛くて痛くてどうしようもない。ちょうどその日、運悪く、その地区だけの同級会が開かれることになっていた。出席はしてみたものの、歯が痛くて何も食えない。ただ、煮て柔らかくなったカボチャだけは口にできた。歯は、知らぬ間に元通りになっていた。

馬のことでもう一つ忘れられないのは、わたしの弟・覚《さとる》のことである。小学四年のとき、弟は、厩《うまや》のそばにあった草をやり、右手の人差し指を食い千切られた。わたしがそれを知ったのは数時間後のことである。

中学生になっていたわたしは、自転車で帰宅し、弟の姿が見えないことを不審に思った。家中探し回って、ついに弟を見つけた。弟は、祖父母の寝床の布団にくるまって、もがれた指を血まみれのハンカチか何かでくるみ、体を震わせて襲いくる激しい痛みに必死で堪えていた。気丈《きじょう》な弟は、身も世もないほどの痛みもさることながら、おそらく、親に叱られると思って身を隠していたのではなかったか。弟の指を食った馬は、父が買ったばかりで、馬も家族もまだ慣れていなかった。不用意に草を与えたことが怪我を招いたのだった。

源之助伯父

国民学校高等科一年のとき、父は、成績が良かったこともあり、金足農業高校の普通科を受験した。結果は不合格。眼球がそろっていないことがその理由だったらしい。

高等科を終えた年、金足農業高校に新たに一年間だけの専修科が設けられた。父はこれに入学する。今は地元にＪＲ井川さくら駅があるが、当時最寄りの駅といえば、羽後飯塚駅。終戦後間もない頃で、通学するのにも一苦労だった。

決まった時刻に汽車がくることはほとんどなく、まともに座席に着くことなどできない。石炭を積んでいる一番前の車輛にむりやり乗ることのほうが多いくらいだった。

あるとき、車輛入口下段のロの字型の金具に両足を置き、開いたままの扉を両手でつかんで乗ったことがあった。スピードを落とし、羽後飯塚駅に近づいたとき、踵《かかと》がホームのコンクリートに擦《こす》られて、父はアーッと声にならない声を発した。擦られた踵が血に染まった。乗客が窓から身を乗り出して父を見た。あまりの悲鳴に、だれかが車輪に巻き込まれたとでも思ったのかもしれない。履いていた足駄《あしだ》が無傷のまま線路に落ちていた。石炭車輛や扉につかまることすらできず、追分駅から線路伝いに歩いたこともしばしばあった。

一年間のコースを終え、いよいよ卒業式の日となった。一クラス三十八名。式の当日、父は自分が総代《そうだい》であることを初めて知らされた。代表で校長先生から卒業証書を授与された父は、記念品として本を一冊もらったが、何の本だったかまでは憶えていない。早く親に知らせたい一心で、羽後飯塚の駅から九キロの道のりを、メロスも顔負け、走りに走った。

「どお！　ばあ！」

がらんどうの家に父の声だけが空しく響いた。

「どお」とは、父のこと。「ばあ」とは母のことである。少し裕福な家になると、父を「おど」、母を「あば」といった。

何度叫んでも、両親も妹たちもだれもいない。隣家に駆け込み、尋ねたら、祖母の兄がその日に亡くなり家族がみな出払っていたことを後で父は知る。

女子挺身隊

父の姉を貞子という。昭和四年八月十九日生まれ。昭和十九年三月に国民学校高等科を終えた貞子は、その年の四月、女子挺身隊に入隊することとなった。秋田駅まで担当のものが迎えに来ていた。汽車で上野まで行き、そこからまた別の汽車に乗り換え、目的の駅へ。城東区南砂町にある工場に勤務することになった。

もともと石鹸《せっけん》をつくる工場だったのが戦時下ということもあり、その工場では鉄砲の弾《たま》をつくっていた。八月に終戦を迎え、貞子は多摩川沿いに千葉の系列会社まで歩いた。川には空襲で焼けだされた死体が浮いていた。

千葉の工場で働き、年を越し、昭和二十一年になってようやく貞子は秋田に帰る目処《めど》が立った。秋田では、親弟妹《きようだい》ともども、貞子は死んだものと半ば諦《あきら》めていた。三月とはいえ、まだ雪深い時節、羽後飯塚駅から藁靴《わらぐつ》のまま走りに走り、藁は千切れてとうとう裸足になった。親弟妹に会いたい一心の貞子は、裸足にかまってなどいられなかった。

家に飛び込み、母を見た貞子は、第一声「あばあ！」。無事に家までたどり着いた。

幸子、息を吹き返す

八人兄妹のうち、下から二番目が幸子だ。幸子と書いて、ゆきこ。目尻が下がり、いつも笑顔を絶やさない。意地の現れにくい表情など、亡くなった祖母にいちばん似ているのが幸子叔母だと、わたしは日頃から思っている。

父の記憶によると、幸子が一歳の誕生日を迎えよちよち歩きを始めた頃というから、昭和六年生まれの父は、十五歳になっている。幸子は昭和二十一年四月の生まれ。

五月の畦塗りに明け暮れ、子どもにかまってやれない日が続いたある日の午後、幸子はよちよち歩いた先が池であることを知らずに、そのまま、どぶんと池に落ちた。驚いたのは、子守を言いつかっていたミサ子である。気が動転し、急ぎ家の裏へ回り、大声で両親を呼んだ。田から戻った祖父が池から幸子を掬《すく》い上げ水を吐かせたが、一向《いっこう》に息を吹き返さない。兵隊に行ったときに覚えた人工呼吸を試みたものの、死んだ子が生き返るはずはない。祖父は、「やざねじゃ、こりゃ…」と言った。

祖母は、信じられない面持《おもも》ちで、くたりとなった我が子を抱き寄せ、幸子、幸子、と呼びかけた。動かぬ妹をあきらめきれぬ父は、「もうすこし、やってみれ！」と祖父に人工呼吸を促した。幸子、息を吹き返せ、と父は祈ったろうか。

願いが通じたのか、死んだはずの幸子がゲホゲホと水を吐き出し、アーッと泣いた。居合わせたもの皆、小さないのちの蘇《よみがえ》りに目を円くした。息は吹き返したものの、まだ眼は開かない。

父はすぐに村の診療所がある天神まで女医を呼びに走った。かの武塙三山が声をかけ、無医村だった村にはじめてやってきた女医さんである。二・七キロの道を父は、走りに走った。診療所に駆け込み、事情を話し、すぐに来てくれるように頼んだ。女医さんはさっそく自転車を駆り、父は後について、来た道をまた走った。

ようやく家までたどり着き、幸子を診《み》た女医さんは、鞄の中から注射器をだし、幸子の尻に注射をした。幸子は大声で泣き出し、今度は眼を開いた。と書けば、一行で済むのだが、父の記憶は少し曖昧《あいまい》で、女医さんが注射を打ったかどうかまでは憶えていない。息を吹き返したとはいうものの、眼を開かなかった妹が、女医さんによって眼がパカッと開いたのだから、注射をしたのではなかったかというところである。「尻に」というのは、わたしの想像。

幸子が結婚したのは昭和四十四年十月、わたしは小学六年生になっていた。当時はまだ家で結婚式を挙げることが多く、式の当日、担任の先生に事情を話し、早退の許可を得、わたしは昼前に校門を出た。いつもは、ランドセルを背負った子どもたちで華やぐ道が静かにつづいており、一人速歩で家に向かった。大麦部落の外れにある営林署の官舎に近づいたとき、向こうから三台のクルマがやってきた。道の端に避《よ》けると、クルマが停まった。つづいて後ろの二台も前にならった。後部座席に幸子叔母が乗っていた。角隠《つのかく》しの下の白く塗られた人形のような顔から涙がこぼれた。わたしは、なにか言わなければならないと焦ったが、結局、気の利いた一言もいえぬまま、クルマはエンジンを吹かせて走り去った。

……というようなことを、わたしの会社のブログ（「港町横濱よもやま日記」）に書いたことがあった。すると、数日して、弟から携帯電話にメールが届いた。曰く、あの文面では、兄貴が一人で早退して、叔母さんと感動的な別れを演じたことになっているけれど、あのとき、ぼくも確かにそこにいた。兄貴といっしょに帰ったではないか。それなのに、感動を独り占めにして、ずるい！

え？　ほんと？　そうか。そうだったか。こりゃ、わたしとしたことが。失敬失敬。

わたしが小学六年ということは、弟は三年生。ランドセルを背負った兄弟が結婚していく車中の叔母に無言のまま別れを告げる。それはそれで、印象的な昭和の一シーンであったかもしれない。

幸子叔母のことで忘れられない思い出は、叔母が包装を得意としていたことである。

五城目高校を卒業した叔母は、バスガイドになりたいとのこころざしを持ち、伊豆箱根鉄道という静岡のバス会社を受験した。試験は秋田市のホテルで行われた。試験科目は、国語と面接。クラスで最初に就職が決まり、希望に胸ふくらませた叔母だったが、それを面白く思わなかった人間がいた。祖父である。「おめぇ、そんだら遠ぐに行ぐのが。そこまで行がにゃば、はだらぐどご、にゃてが。うっ、うっ、うっ…」。わがままな祖父トモジイの面目躍如《めんもくやくじょ》である。祖父は幸子叔母をだれよりも可愛がった、とは幸子叔母の弁。泣いて口説かれた叔母は、「わがった。わがった。わがったがら、もう、泣ぐのはやめでけれ。バス会社はこどわるがら…」。

祖父は、己のわがままから愛娘《まなむすめ》が希望する就職を阻止したものの、さすがに悪いと思ったか、知り合いに頼み、地元に就職先を紹介してもらった。程《ほど》なく、叔母は土崎の老舗《しにせ》呉服店・長谷川に就職が決まった。風呂敷やタオルケットなどを箱に入れ、包装紙でつつむ。二年半みっちりと仕込まれ、物をつつむとき、角がきっちり美しく包装することを叔母はそこで学んだのだった。

出稼ぎはとじぇね

父も母もよく出稼ぎをした。二人とも貧しい農家に生まれ、育ったから、自分の子どもたちには貧しさの苦労を味わわせたくないとの一心で、ひたすら働いた。ところがそれが裏目に出たらしく、弟はいざしらず、父と母からみれば、どうもわたしは、おカネのありがたみが分からぬ人間に育ってしまったらしい。

あれは、何を買った時だったか（靴？）、身分不相応な高額な買い物をしてきた息子に驚き、父がわたしの耳を引っ張って、寝床に連れて行った。そこで、貯金通帳を見せられた。母と出稼ぎに行ったときのもので、毎月1000円ずつの記載があった。こっぴどく叱られた。お前は、家になんぼでもカネがあると思っているのかもしれないが、よく見ろ、これしかないのだぞ！

身に沁みた。深く反省もした。が、その後、自分のカネのつかい方が改まったとは、どうも思えない。他人事のようで相すまぬが、げに、子育ては難しい。

話がまた横道に逸《そ》れた。出稼ぎのことである。

わたしが子どもの頃、父も母もよく出稼ぎをしたから、わたしは子どもながら、というか、子どもだから、寂しい思いをした。三つ年下の弟は、まだ小さかったから、父と母に連れられていき、わたしは祖父母の元に残された。その頃の寂しさをすっかり大人になってから母に訴え、母を悲しませたことがある。たしかに寂しい思いをしたことは事実であったけれど、そのことを今さら母に言っても仕方のないことであったし、なによりも、それはわたしのうぬぼれであったと思う。出稼ぎをしていたのは、なにもわたしの親だけではなかったはず。寂しい思いをしたのも、わたしだけではなかったろう。それをことさら口にのぼせたことが今となっては恥ずかしい。

小学校に上がる前、わたしは風邪をこじらせて四十度の熱を出し、祖母といっしょに診療所に行った。医者からすぐに入院を言い渡され、わたしは「入院」という言葉を「手術」と取り違え、腹を切られると勘違いし、泣いた。

翌日、祖母が布団やら何やらを準備万端ととのえ、入院することになった。小さかったわたしは看護婦たちから可愛がられた。同じ村内のひとつ年上の女子が入院しており、母親が娘に買ってきたお菓子をおすそ分けしてもらったことがあった。ジャガイモのような形状で、とても食い物とは思えない。初めて目にするその物に目を瞠《みは》った。が、手に持ってみたら、なんとも軽い。その軽さに今度は驚いた。シュークリームというものであることを、そのとき知った。嚙《か》んだ時のあのなんともいえない甘さといったら。この世にこんな美味いものがあるかと、ただただ感動した。カスタードクリームだった。

近所の四つ年上の男子が、見舞いに来てくれた。厚手の紙を魚の形に切ってあり、口のところがクリップで留められてある。それを、彼はベッドの下に散らした。なにをするのかと見ていたら、今度は、鉄の塊《かたまり》みたいなものに糸を結わえ付けたものを取り出した。糸の端を持って、黒光りする塊をするすると下に下ろしていく。すると、どうだろう。紙の魚がパチンと塊に吸い付けられたではないか…。

今は神戸だか大阪に住んでいて、山菜シーズンになると車で帰省し、ふるさとの山に入る。

同じ思い出でも、時間が経てば、ひかりの当たり具合が変って、見え方が違ってくる。いつも見慣れた風景が夕日に照らされ、この世のものとも思えないぐらいに輝き、言葉を失うこともある。父と母の出稼ぎで、とじぇね（寂しい）思いをしたことにしがみついて来たこころがほぐれ、今は、診療所のお医者さんや看護婦さん、シュークリームをくれた近所のおばさん、磁石と紙の魚の釣りセットをくれた年上の友達をときどき静かに思い出す。寂しい思いもしたけれど、それ以上に、貴重な体験をさせてもらったと素直に思える。そのことが今はありがたい。

父は、母と結婚してからも出稼ぎにでたが、その前から、馬を連れての出稼ぎによく行った。危なくいのちを落としそうになったこともあった。

その頃、切り倒した国有林を馬橇《ばそり》をつかって平地まで運ぶ仕事があった。国有林を官木《かんぼく》といった。

秋田県内川（五城目町内川字浅見内）での出来事。官木を満載して急坂を下るとき、バチバチとよばれる橇《そり》を停めるためのブレーキ（チンチョ）が外れ、材木ごと雪の中へ投げ出されたことがあった。馬は馬で、どうと勢いづいたまま走り下り、下で材木を積んだ別の橇にぶつかるかと思いきや、体操選手よろしく、はっしと跳ね上がり、積んだ材木の上にぴたりと停止した。父も馬も、怪我ひとつなかった。壊れたものは腕木《うでぎ》一本だけ。父は今でも、神様が助けてくれたのだと信じて疑わない。

これも内川（字湯ノ又）でのこと。季節は夏。民有林をクルマが通れる県道まで運ぶ仕事に就いたとき、一台の馬車に材木を積んでいる間に、父の馬が馬車を引っ張って勝手に走り出した。ダ、ダ、ダと声を掛けても、走り出した馬は、狂ったように勢いを増す。ちょうど子どもたちが学校から帰ってくる時間帯でもあり、父は焦って追いかけた。馬は一キロ半ほど走り、農道が県道と交わるT字路で、川べりに生えている欅《けやき》の枝と枝のあいだに首を突っ込み、挟《はさ》まれ、白目を剝《む》いて荒い息を吐いている。父は側の家へ駆け込み、ノコギリを借りてきた。欅の枝を切り落とすと、馬は、三メートルほど下の川に体ごとざんぶと落ちた。馬はぶるぶると身震いし、怪我することなく立ち上がった。

馬での仕事は、なにかにつけて危険を伴った。材木が滑ってきて父は肋骨を折ったこともあったが、医者にかかることもなく自然に治った。

馬以外の仕事では、北海道から九州まで、その範囲は広かった。

昭和二十九年夏、田植えが終ってから北海道の屈足《くったり》へ。山奥の飯場で、食べ物といえば、もっぱらワカメと福神漬け。二十日間ほど働いたが、夜になると、血の気の多いものたちの喧嘩が絶えず、いっしょに行ったグループの出稼ぎ頭が昼の休憩時間に当別町のK建設へ出向き、働かせてもらうことの話をつけて帰ってきた。その夜、K建設から迎えにきたバスに乗り、皆で夜逃げした。

K建設では、排水工事に就いた。ここでは蜜蜂の危険にさらされた。掘った土を投げる場所に養蜂場《ようほうじょう》があり、蜜蜂の箱がずらりと並んでいる。そのままでは、仕事に支障をきたす。上司の指示で、父は蜜蜂の箱を移動させた。すると、さっそく父を標的にして蜜蜂が襲ってきた。これ堪らずと、箱の移動をストップするも、標的を定めた蜂たちの怒りは収まらない。父めがけて次つぎに命がけの突撃を繰り出す。どうにもならなくなって、父は、川に飛び込み、水面から頭だけ出した。すると蜂がまた襲ってくる。父はすかさず水に潜《もぐ》る。ほとぼりが冷めたかと思って頭を出すと、また襲ってくる。人間と蜂の攻防戦は果てしなくつづいた。岸辺で草を燻《いぶ》し、養蜂場の親方を呼んでもらい、箱を避《よ》けてもらった。その親方の話によれば、二週間ほど前のこと、近くに繋いでおいた馬が蜜蜂に刺されて死んだとのことだった。

水から上がった父が、蜂に刺された針を抜いてもらったところ、三十五本あった。よくも死ななかったものだ。上司が、飯場へ帰って休めと言ってくれたが、父はそのまま仕事を続けた。

仕事場が変って、やがて秋となり、父一人を除き、秋田から来た者は全員故郷へ帰っていった。我が家の稲刈りは祖父と祖母、弟や妹も手伝うから、父は帰る必要がなかった。青森から出稼ぎに来たものたちと一メートル単位で排水工事を請け負い、朝早くから日暮れまで働いた。いいカネになった。

そこでの仕事が終り、家に帰ったのが十月の末。数日して、親方から手紙が舞い込み、また来て欲しいとのこと。十二月に入ってすぐ、今度は北海道発足《はったり》へ。この時は父を頭に、八人が同行した。

山奥の奥の奥、発電所工事がその任務だった。函館から汽車に乗り旭川まで。駅に降りたら、あまりの寒さに耳が千切れそうになった。なけなしの七百円で防寒帽を買ったら小遣い銭がなくなった。

山の中のこととて、店はなく、一度は秋田から小豆《あずき》と砂糖を送ってもらい、煮て食べたこともあった。百日いて、一日も休まないのは父一人だった。源八質《げんぱちたち》の血は、やはり受け継がれていた。

零下三十度にもなり、小便も大便も棒状になった。そのとき眉間に怪我をした傷跡は今も額に残っている。母方の従兄の信造さんは、みずから便所の係りを願い出た。四箇所の便所掃除をして一人工《いちにんく》。一人工とは一日一人分の仕事という意味である。信造さんは工事現場の仕事のほかに便所の仕事でもカウントされたから、それはそれでカネになった。

また別のとき、恵庭《えにわ》へ行った。砂利と砂を運び出し大型トラックに積み込む仕事で、期間は二ヶ月ほど。その後、岩見沢の自衛隊の駐屯地の基礎工事に赴き、ここではもっぱら土木作業に従事。ちょうど夏祭りがあり、のど自慢大会に出場し、父は三橋美智也の歌を歌った。予選を通過し、決勝は翌日。三位に入賞し、賞金と衣類をもらった。町へ出て、妹たちへの贈り物を買い、故郷へ送った。

福井県には弟の正紀といっしょに行った。日本舗道の仕事で、福井から敦賀への国道工事だった。

愛知県へも正紀と。鍋田干拓後、伊勢湾台風で破れた堤防の修復工事。干潮のあいだの作業であった。こまどり姉妹の「ソーラン渡り鳥」が流行っていた頃で、ラジオから流れる歌をよく耳にした。汽車に乗って蟹江の駅で停まると、開いたドアから蟹が車輌の中まで入ってきた（ちなみにわたしは、こまどり姉妹のお姉さんのほうが好きだった。ものごころがついて、テレビでこまどり姉妹を見ていた当時の記憶である）。

関門海底トンネル工事のため、下関へ行ったことがあった。三交代制で、朝の八時から午後四時までの組、午後四時から十二時までの組、夜中の十二時から朝の八時までの組に分かれての仕事。列車のためのトンネルはすでに掘られていたが、自動車が通るためのトンネルを掘る工事だった。下関から門司《もじ》までは海を隔てること約八百メートルだが、トンネルは手前から掘り始め、対岸の陸深く掘るため三四五六メートルとなった。

あるとき、給料の受け取りが一日遅れたことがあった。夜の十二時になり、九州の田舎から出稼ぎに来ていた男性が、前の人と交代し、空いたトロッコを押して縦坑《たてこう》の入口まで行った。閉まっているはずの安全扉が閉まっておらず、男性は、縦坑をトロッコもろとも数十メートル下まで真っ逆さまに落ちた。即死だった。

事故があったことが知らされても、だれも現場に近づこうとしない。父は従兄の信造さんと二人で隧道《ずいどう》に入り、五百メートルほど先の事故現場へ向かった。男性の頭蓋《ずがい》が割れ、脳ミソが辺りに四散している。不思議なことに体はどこも傷がついていない。おそらく、頭から落ちたものだろう。父は、死人を背負い隧道の入口まで歩いた。が、警察の現場検証が行われることになり、父は再び死人を背負い、事故現場まで戻った。

　翌日、男性の家族がやってきた。事故の状況を聞いた家族は、遺体を運び出した父にありがとうと言った。死んでそのまま放って置かれたわけではなく、同僚が運び出してくれた行いが人間らしく感じられたのだろう。給料の受け取りが遅れていなければ起こらなかった事故であったかもしれない。一日遅れたことで、事故を起こした男性も、彼の前にジリを積んだトロッコを運んだ人間にも、気の緩みがあったということか。

　父は他にも、母といっしょに出稼ぎに行ったことがある。京都へも行った。伊豆へは、幼い弟の覚を連れ、母が同行した。秋の稲刈りが終ってから出向き、翌年の春に帰った。朝焼け富士がきれいだったことを憶えている。

千葉県四街道へは、宅地造成工事のために行った。バックホーで夜中一人で基礎を掘った。バックホーとは、油圧ショベルと総称される建設機械のうち、ショベル（バケット）をオペレータ側向きに取り付けた形態の機械で、ドラグショベルともいう。

蛇のたたり？

長年の出稼ぎのなかで父は、建設機械の運転を習得した。昭和四十三年からは、東亜建設工業の下請けである秋田の土木会社・村上組に雇われ、平成八年一月二十日まで約三十年間勤めた。その後、平成九年から平成十三年八月まで、幼なじみが社長をしている地元の土木会社で四年半勤めた。

平成十三年は、父にとって忘れられない年となった。

まず、五月二十九日に祖父が亡くなった。享年九十八。祖父の葬儀にわたしも出席したが、印象深く憶えているのは、葬儀のことよりも、二ヶ月ほど経った八月十三日のことである。親戚も多く集っていた。鶏小屋へ卵を取りに行った母が大声で叫んだ。青ざめてかえってきた母が言うことに、鶏小屋の卵を産み付ける箱の中に蛇がおり、その蛇が卵を飲み込んで喉《のど》を膨《ふく》らしているというのだ。父が、なんだそんなことかと呵《か》呵大笑《たいしょう》、鶏小屋の中から蛇を摘《つ》まみだした。と、父は、玄関先で、蛇をぐるんぐるんと振り回したかと見るや、コンクリートの地面にバシッと蛇を叩きつけた。頭もろとも卵が割れ、辺りに飛び散った。父の振る舞いは、少しやりすぎではないかとわたしは怖《おそ》れた。

それから六日過ぎた八月二十一日、父は、バックホーに乗って産業廃棄物の集積場で作業中、バックホーが転倒し、運転席で椅子の間に首が挟まり、頸椎《けいつい》損傷、脊椎《せきつい》損傷の大怪我をした。その知らせを受けたとき、わたしはなぜか判らぬが、父がコンクリートに叩きつけて殺した蛇のことがよみがえり、慄然《りつぜん》としたことを憶えている。

南方熊楠の『十二支考』に次の文章がある。

…本邦で蛇は一通りの殺しようで死にきらぬゆえ執念深いと言う。これに反し、蝮は強き一打ちで死ぬ。『和漢三才図会』に、蝮ははだ勇悍なり、農夫これを見つけて殺そうにも刀杖の持合せない時、これに向かって汝は卑怯者だ逃げ去ることはならぬぞと言いおき、家に還って鋤鍬を持ち行けば蝮ちゃんと元のままに待っておる、竿でその頭を抒《せせ》るにかつて逃げ去らず、徐々《そろそろ》と身を縮め、肥えてわずかに五、六寸となって跳びかかる、その頭を拗《ひし》げば死す、とある。蝮は蛇ほど速く逃げ去らぬものゆえ、人に詞《ことば》かけられてその人が刀杖を取りに往くあいだ待っておるなど言い出したのだ。

父が殺したのは、蝮《まむし》ではなく、大型の青大将だったが…。母の悲鳴が呪《まじな》いのごとく作用し、蝮ならぬ青大将をも固まらせたとでもいうのか。

南方の文章はさらに続く。

英国や米国南部やジャマイカでは、蛇をいかほど打ち拉《ひし》ぐとも尾依然動きて生命あるを示し、日没して後やっと死ぬと信ず（『ノーツ・エンド・キーリス』一〇輯一巻二五四頁）。英のリンコルンシャーで伝うるは、蛇切られたら切片が種々動き廻り、切口と切口と逢えば継ぎ合うて蘇る。それゆえ蛇を殺すにはなるべく多くの細片に切り刻《きざ》めばことごとく継ぎ合うに時がかかる。そのうちに日が没《い》るから死んでしまうそうじゃ。日向の俗信に、新死《しんし》の蛇の死骸に馬糞と小便をかけると蘇る、と。（『郷土研究』四巻五五五頁）

すこぶる面白い。笑える。まるで谷岡ヤスジの漫画じゃねえかと興味は尽きないけれど、この辺で止めておく。

南方は、まことに変なひとで、とくに『十二支考』を読んでいると、ほろ酔いの老人がつぎつぎ繰り出す面白噺《おもしろばなし》を膝をそろえて延々聞いているる趣がある。切りがない。それはともかく。

父の従兄の清作さんが鉞《まさかり》で馬を殺したことと、後に清作さんが青森で刺されて死んだこと、また、父がお盆に青大将をぶん回しコンクリートに叩きつけて殺したことと六日後に父自身が大怪我をし九死に一生を得たことが、わたしにはどうも無関係とは思えないのである。

そのことを父に話したことがあった。父が言うには、もしお前のいうとおりなら、これまで九死どころか何十遍死んだかわからないよ。

土地整理に関すること

わたしが大学二年の夏だったと思うが、帰省した折、父のあまりの痩《や》せように驚いたことがあった。聞けば、体重が十キロも落ちたというではないか。

事の発端は、土地整理が行われた当時、その担当役員をしていた数名が不正を働いたのではないかと事実無根の訴えがなされたことにあった。父もその役員の一人だった。大規模な整理で、地域ごとに役員が任命されていたのだろう。とくにそんな仕事が得意なわけでもない人間が言われるままに仕事をこなしていて、保管しておくべき資料も、六、七年も経過したこととて、訳も分からず紛失したものもあったのだろう。悪意をもった人間から、そんなつまらぬことを突かれただけのことだった。そんな出鱈目《でたらめ》、通るはずがないではないか。ほっとけ、ほっとけ！　だが、父の憔悴《しょうすい》ぶりは目に余るものがあり、放って置くわけにもいかなかった。

わたしは役場に出向き、見られるだけの資料を見せてもらった。何がどうなのかさっぱり分からなかったけれど、いずれにしろ、父が不正を働く人でないことは町内のだれもが知っているはずだった。ふだんは農作業の道々、頭を下げて挨拶《あいさつ》を交わし合っている仲なのに、いかに欲に目がくらんだとしても、あまりにも理不尽に思え、法律のことはさておき、正直に生きている父のありようと此度《このたび》の訴えの理不尽さをわたしは縷々《るる》認《したた》め、父に渡した。父はそれをしかるべき部署に提出した。そんなことにかかずらっているうちに、その年の夏休みは終ってしまった。

後日、父に電話して確認したところ、わたしの書いた手紙が功を奏し、不正の訴えは事実無根であることが認められ、父たち担当役員は無罪放免、事なきを得た。

都会のひとの人情が、田舎の人とはちがって薄いというのは、大きな間違いであった。従兄の清作が太腿《ふともも》の付け根をドスで刺されたとき、大声を発したのにだれも助けてくれなかったとはいうけれど、田舎の人間も負けず劣らず、悪意は潜行していることを、父は知ったのではなかったか。

それはともかく、あの一件で父は息子のわたしをすこし見直してくれたようでもあった。確認したわけではない。言葉の端々《はしばし》にわたしが勝手に感じたことである。

大学の経済学部に入って、わたしも好《い》い気になっていたのだろう。帰省して、そのとき勉強していた内容を父に話すと、父は感心するどころか、「そんだらごど言ったって、田植えのひとつもでぎにゃくせに…」

と、よくたしなめられた。それは、わたしの思い上がりを、父なりに諫《いさ》めてくれる言葉だったにちがいないが、当時はただ癪《しゃく》に障《さわ》るだけだった。父の「そんだらごど言ったって…」の言葉を思い出すとき、忘れられない人がいる。

わたしが高校教師を辞め、東京の出版社に入ったときに、系列の製本会社に勤めている人で四関《しせき》さんという人がいた。四関さんはそこの部長だった。

中学を出てから製本一筋に働いてきた四関さんに、つくれない本はなかった。四関さん、こんな本つくれる？「おうっ。まかしときな」。和《わ》綴《と》じ本なんて無理だよね？「朝飯前よ」

わたしが変てこな本のアイディアを繰り出すたびに、「さすが三浦ちゃん、面白いね」などと言って、ニコニコしながらつくってくれた。

四関さんの右手の人差し指と中指は、第一関節から落ちていた。今ならセンサー付きのハイテク断裁機がふつうだが、むかしはセンサーなどなく、製本にたずさわる人はよく指を落としたのだという。指を落として一人前（！）などと言われていたそうだ。

刊行点数が多くなり、自前で処理しきれなくなると、四関さんの人脈をたより、製本を外へ頼むことがあった。

夏の暑い盛り、仕事を頼んだ工場へ細かい指示をしに出かけるとき、四関さんに声をかけられた。いわく、「三浦さん、一本百円の缶ジュースでも缶コーヒーでも、少し多めに買っていったらいいよ。それと、仕事場に入ったらとにかく、ご苦労様です、と、なるべく大きな声で言うんだ。大学出に何ができるって腹のうちじゃみんな思っているからさ。缶ジュースと挨拶《あいさつ》一つで、こいつできる！　と思わせたほうがいいじゃないか」と言って笑うのだった。すぐにわたしは、父の「そんだらごど言ったって、田植えのひとつもできねぐせに…」の言葉を思い出した。

社員旅行の折、四関さんと同じ部屋になったことがある。問わず語りに、四関さんは、自分の子どもの頃のことを話し出した。

父親が戦時中、軍事物資をマレー方面へ届ける仕事をしていたこと。それにくっついて行ったこと。大好きだった父親が晩年病気にかかり、余命幾ばくもないことを知った四関さんは本人にそのことを告げた上で、「この世で言っておきたいことがあったら、親父、今のうちに言っておけ」ってんで、ビデオをセットして父親に話をさせたこと。カメラの前で話などしたことのない親父さんは、とまどって、エヘン、オホンとすこぶる緊張していたこと等々。

そのときの、はにかんだ父の姿が忘れられないと四関さんは言った。親父さんがビデオカメラの前で何を言ったか、それについてはまるで問題にしていないようだったので、わたしも敢《あ》えて尋ねなかった。

知人から電話があり、四関さんが亡くなったことを知ったのは七月のそろそろ夏本番を迎えようかという季節だった。享年六十七。蜘蛛膜下出血が原因だった。あれからもう七年になる。

仕事はもちろんだが、四関さんは、大勢の前でのスピーチとカラオケがとても上手かった。

父の仕法

同じ兄弟でも、性格もちがえば夢もちがう。三つ年下の弟・覚は、中学で習った先生の影響からか、教師になることを夢にえがき、念願かなって教師になった。わたしはそんな弟がうらやましかった。教師になったことではない。教師になることを夢にえがいている、そのことがである。わたしにはこれといって夢がなかった。

小学六年のとき、学校の作文で、「将来の夢」というテーマで作文を書かされたことがあった。困った。夢、夢、夢…。うなっても身もだえしても、ないものは、ない。しょうがないから、「日本一の百姓」というタイトルで作文を書いた。それには訳があった。

源八質《げんぱちたち》の血を受け継いだ父の仕事熱心は、出稼ぎでも功を奏したが、もっとも真価を発揮したのは農作業においてである。父は、昭和四十二年から今に至るまで、農業日誌を付けている（出稼ぎに行っていた間は付けなかったが、自宅から通える仕事と農作業の兼業になって、父の日誌は再開する）が、そのきっかけになったのは、当時まだ町になっていなかった井川村の産業祭で、米の多収穫が認められ一等賞をもらったことである。一反歩から十三俵の収穫があった。その年、同じく、秋田県農業協同組合中央会会長賞も受賞している。「日本一の百姓」の作文は、父のそうした「偉業」が子のわたしにも、ぼんやりとではあれ理解できていたことによるものだった。

稲作の作業は、四月十日頃、まず苗作りに始まる。かつては、芽出しした種子を代掻《しろか》きした苗代に水を張ったまま、手で直播《じかまき》した。後に、苗代に畝《うね》をつくって播《ま》き、その上から油紙を掛けた。今は、プラスチック製の枠でできたダシと呼ばれる容器に土を入れ、それに水を撒《ま》きながら種子を播き、土を掛け、ビニールハウスのなかに並べて置く。ダシの上にビニールマットを掛ける。一週間ほどして、芽が土の上に顔をのぞかせたら、マットを外し、三週間ほど後に田植えをする。

ついでだから、昔の稲作りについて記しておこう。

①冬、雪のある間に、馬橇《ばそり》で堆肥を全部の田に運ぶ。一町五反歩を終えるのに掛かる作業日数三日。正月過ぎから始めた。父の場合、一月二十日頃から。

②盛られた堆肥を人の手で、フォークやスコップをつかって田に撒き広げる。

③五月五日の氏神様の祭りの後、馬耕《ばこう》をかける。馬耕とは、馬に犂《すき》を付け田を耕すこと。朝飯前に②の作業を行い、食後、馬耕の仕事にかか

る。作業日数七日。

④馬耕により耕した土を三本鍬（秋田では三本鍬のことをマックァと呼ぶ）のヒチで叩《たた》いて細かくする。作業日数五日。この作業はやらない人もいた。

⑤次に、ハカ割りといって、大きく盛り上げた畝を馬耕で三つに分け溝《みぞ》をつくる。作業日数三日。

⑥田に水を入れて荒掻《あらが》きをする。荒掻きにはマングァを使用。マングァとは、万能鍬の能がとれ、万鍬となったものか。作業日数三日。

⑦畦《くろ》削り。鍬を使用。畦《くろ》塗り。四本マックァを使用。母はこれが巧《うま》かったらしい。畦塗りは、田からの漏水を防ぐことが第一の眼目であったが、同時に、大豆や小豆などを栽培するための狭く細長い畑として使用するためにも行われた。大豆は各家々で納豆や味噌作りに用いられた。小豆は砂糖で煮て、餅に付けたり、そのまま食べたりした。畦削りと畦塗りは二人で作業日数七日。

⑧田植えをする二、三日前から代掻《しろか》きに入る。荒掻きした田にマングァを付けた馬で入り、三回ほど掻いてドロドロにする。

⑨扒《えんぶり》を使って田を均《なら》す。⑧の作業の後、別の人間がすぐに行う。扒は田植え前に土を押して均すための T字状の農具。さらに代木《しろぎ》と呼ばれる二・五メートルほどの材木(角または丸の杉材。松や栗は重い。その点杉は、乾燥したものなら水に入れてもあまり水が染みない)の両端にロープを結わえ付け、ロープの中ほどを持って引くと、材木が引きずられ田が均される。これで田の均しは完成。あとは田植えをするのみ! ⑧と併せて作業日数七日。

⑩田植えは隣組により十二、三人がチームになり、協同で行った。苗取り、苗運び、形枠《かたわく》まわし(並木植用正条器、十角形)、小苗打ち(畦から苗を田に投げる)、田植えなど。一人でなら五畝か六畝。作業日数三日。

田植えが終り、一ヶ月ほどしたら手押しの除草機(爪付き)をかける。

一回かけ、一週間経ったら、別の除草機（爪はなく、小さな丸い太鼓が付いたような状態）をかけ、それから手で草取りをする。隣組の女の仕事。ていねいな人は、稲刈りまでに三回ほど行った。一回あたり五人で作業日数三日。

稲刈りは九月十日頃から始まり、刈った稲は全部杭《くい》に架ける。稲が架けられた杭を穂にょという。稲刈りは主に女たちの仕事だった。手で刈る場合、一人で約五畝。

次に、杭の稲を返す作業。稲を乾燥させるために、上を下に、下を上に、稲束を返して空気を入れる。陽を当て、空《す》かす。一反歩七十〜八十本の穂にょが立っているが、一人で一日約二百本の穂にょを返す。一本の杭に四十ぱ。一本の杭から四升ないし五升の米が収穫できる。作業日数七日。

十月に入ると稲上げ。背中に背負って家まで運び、奥座敷までびっしりと積まれた。幼いわたしと弟は、家中が稲で埋まり、いつもとちがった光景に驚きわくわくしたものだ。家族で作業日数七日。朝、二時か三時には起きて、足踏み機械で脱穀。日中は他の仕事にかかるため、早朝だけ行う。作業日数ほぼ一ヶ月、雪が降る頃まで。

父のメモを元に、分からないことがあると、休日たびたび電話で問い質《ただ》し、父に呆れられながら、以上まとめてみた。実際に土にまみれてやったことがないので、頭理解であることは否めない。とまれ、年間を通じた稲作りの各作業においてさまざまな機械が登場し、作業効率が高まり、なによりも苦労の度合いにおいて隔世の感があるらしい。農家の生まれでありながら、父のその感覚がわたしには分からない。

わたしの実家のトイレには、地元の三幸商店から毎年もらうカレンダーが掛かっていて、大安、仏滅、友引などの徴《しるし》に混じって「一粒万倍日」の文字がときどき記されている。その日に種を播けば、一粒が百倍、千倍、万倍になるということであろう。父の田が一町三反歩（現在、二反歩は減反により休耕中）、すぐそばの正紀叔父の田が三反五畝。合わせて一町六反五畝の田に播く稲の種子が六十キロ。年ごとの豊凶により変るが、平均して約九千キロの収穫量がある。一粒万倍はともかく、百五十倍とは驚く。

二宮金次郎や石川理紀之助の精神がこういう形で現代にも受け継がれているのかと、便器にまたがりながらしばし感慨に耽る。

大学一年のとき、「二宮仕法」というタイトルで二宮金次郎の農業のやり方を講義する教授がいた。教授が教室に入ると、出欠を取ることもなく、九十分、余計なおしゃべりは一切なく、静かにゆっくりと講義ノートを読み上げた。肘《ひじ》はすっかり痛くなり、指が小刻みに震えた。試験が終ると同時にノートを開いてみることもなかったが、後年、二宮尊徳の『二宮翁夜話』を読み、やはり偉い人だと思わずにはいられなかった。

父は、本の知識によってではなく、「秋田の二宮尊徳」石川理紀之助が播いた種を豊かに実らせ、刈り入れ、実体験を通じて二宮仕法の極意の幾分かを会得したのかもしれない。石川が始めた種苗交換会は毎年十一月初旬、日曜日を挟んで四日ないし五日、今も秋田中の農家びとを集めて賑わいを見せている。父も特別のことがないかぎり参加しているようだ。

平成十三年五月六日、父の苗作りを最後に見たいといって娘の光子に頼み、介護施設から車で帰宅した祖父は、その望みを叶え、「ええあんばいに苗っ子つぐってらなぁ。おらぁ、安堵《あんど》した…」と漏《も》らし、それからひと月と経たないうちに亡くなった。

友治と書いて、ともじ。茶目っ気のある祖父がわたしは大好きだった。

今年も五月の連休に帰った折、父は大事に稲の苗を育てていた。

二人の死

『生きかた上手』がベストセラーになり、テレビでもたびたび温顔に触れる機会の多くなった聖路加国際病院理事長・同名誉院長の日野原重明氏だが、彼の本に『死をどう生きたか　私の心に残る人びと』（中公新書）がある。二十二人の死のあり様について、「死の河の船頭として」医者の立場からつづったものだが、そのなかに、世界的禅者として有名な鈴木大拙を看取った際のくだりがある。

大拙は晩年、北鎌倉の東慶寺境内の松ヶ岡文庫で研究に没頭していたが、一九六六年七月十一日、腸閉塞のため聖路加国際病院に緊急入院し、翌十二日、帰らぬ人となった。享年九十五。

死の二時間ほど前に日野原氏が「お寺の要職の方々が心配して部屋の外で待っておられるのですが、お会いなさいますか」と尋ねると、大拙は「誰にも会わなくてよい。一人でよい」と答え眼を閉じた。日野原氏は言う。「先生の生の終焉は、静謐そのものであった。その先生の晩年に親しく接しえたことは、私にとって大きな心の収穫である。」

骨身を削って思想をつむいだ大思想家の最期はこうもあるかと圧倒される。

わたしの祖父は、亡くなる数ヶ月前から、朝、目を覚ますと「たいへんだたいへんだ」を繰り返していた。苦しくなった時のためにと父が備え付けた呼び出しのチャイムを昼夜かまわず、一日何十回となく鳴らしては人を呼び寄せた。父から「ましゅぐなれ!」（秋田方言。臆病者の意）と再三怒鳴られた。父は、そんなふうに怒鳴りながらも、こぼれる涙を拭おうともせず、祖父の体をていねいに拭いた。

祖父は事あるごとに「たいへんだたいへんだ。なして（どうして）こんなふうになったんだべが」と体の変調を嘆いた。それでも、負けず嫌いの祖父は、先に逝った祖母が子や孫へ何十年もかかって貯めたヘソクリを分けて与えたことを憶えていて、意識がはっきりしているとき、父を通じてわたしに二万円くれた。二万円を握りしめ、わたしは可笑しくて泣いた。

祖父のことでは、よく憶えているエピソードがいくつかある。祖父の一番下の娘、わたしにとっては年の近い叔母が結婚後、実家に遊びに来て泊まり、朝、化粧をしていたら、祖父は化粧する娘の顔をまじまじと眺めていて、娘にこっぴどく叱られたことがあった。天真爛漫《てんしんらんまん》、好奇心旺盛の面目躍如といったところだったろうか。酒に酔ってから自転車に乗り、苗代に自転車ごと突っ込み、泥だらけになって帰宅したこともあった。鶏がめっぽう好きで、晩年、祖父は私に洩らしたことがあった。

お前の父さんも叔父さんも馬どが牛どが犬ばがり可愛がって、だあれもニワドリを好ぎなやづがいねぇ。おれはそれがなさげねぇ。馬も牛も犬も卵を産《う》まねぇ。その点ニワドリはコケコッコーど、なんぼでも卵産んで、おらだぢを養ってくれるでねぇが。なしてこんだらごどがわがらねぇのさ…。

また、わたしと弟が小さい頃よく聞いた言葉に「心頭滅却すれば火もまた涼し」がある。何十回聞かされたか分からない。祖父がまだ若い頃、雪が降りしきる真冬に一升の酒を賭け、川面に張った氷を砕き寒中水泳を敢行《かんこう》し賭けに勝ったことがよほど痛快だったのだろう。よく言えば天《てん》衣無縫《いむほう》、無邪気で子どもじみたところのある祖父だった。

毎朝祖父母の写真に向かい手を合わせているのだが、年を重ねるごとにますます尋ねてみたい質問がもたげてくる。

その一つ、ＪＲがまだ国鉄だった時代のことだ。地元の井川さくら駅がまだなかった頃の冬、小学生だったわたしを連れた祖父は、羽後飯塚駅の待合室に入るや、おもむろにポケットからスルメを取り出した。だるまストーブにのせると程なく嫌々《いやいや》をするようにスルメはくるりと丸くなった。それを細く裂いてわたしにもくれた。あのスルメ、どうして祖父のポケットに入っていたのだろう。駅に着いたら食べようと思ってしのばせていたのだろうか。気になって仕方がない。

すぐれた禅者の死に際に憧れはあるけれど、それは出来そうにもない。夢で祖父の温顔に触れハッとして夢から覚め瞼を濡らすとき、わたしもきっと「ましゅぐなれ」な死に方をするだろうと疑って、いや、確信している。

第二部

秋田往来

ゴロスケホー

会社で梟《ふくろう》の絵を買った。

昼、伊勢佐木町界隈を歩いていて、いつもは素通りするのに、その日、なんとなく気になって入ってみた。ずらり二階まで梟ばかりが並ぶなか、一枚だけ気に入ったのがある。梅村哲生という作者の名ははじめて聞く。案内文にこうあった。

「なぜ、梟ですか?」とよく質問されます。かれらは「森の最終生物」無敵と言われる生物です。人を見ても、自分のほうが上だという表情をします。とても誇り高い猛禽ですが、めちゃチャーミング。わたしは四年前、はじめて梟を見ました。プライドとエレガンスをかれらはしっかり持っています。だからわたしは当分梟です。…

梟はわたしも好きな鳥。これも何かの縁だろう。

子どもの頃、わたしは霜焼けがひどくて、夜中寝付けないことが多かった。小学校へ上がる前のこと。両親がお湯を沸かして桶に入れ、小さな足をタオルでていねいに拭いてマッサージしてくれた。外で梟が鳴いていた。そのことをいつだったか父に尋ねたことがある。お前、そんなことを憶えているのか、と言っていたから、夢ではなかった。

吉田仏師作の楠のテーブル、梅村さんの梟の絵、社内の雰囲気はまるで都会の中の森。隣りの伊勢山ではチャボが鳴く。梟の絵のタイトルは「白い森」。

（二〇〇二年六月二十六日）

なかなか覚めない

フガッという自分のいびきで目が覚める。若い頃はそうでもなかった。父のいびきは相当激しいから、血は争えないということか。

十八の年、大学受験をひかえた数日前から風邪をひいた。大蒜《にんにく》を焼いて食べたり薬を飲んだりしたのだが、一向に治る気配がない。試験当日、とうとう四十度まで熱が上がった。そうまでしてくれなくてもと断ったのに、父が仙台まで随《つ》いて来てくれることになった。

宿に着く早々布団を敷き、どたりと横になる。トイレに立てば目がくらみ、用を足したあと這って部屋まで戻った。

試験は五教科七科目、三日にわたった。毎日病院へ通い、注射で熱を抑え、ふらふらになりながら答案用紙に向かった。

夜、父のいびきが五月でもないのにうるさくて眠れない。こんなことなら随いて来てもらうんじゃなかったと、うらめしく思った。着替えの下着を耳の穴に詰め込んでも、野生を秘めた荒々しい父のいびきは布を通して鼓膜を震わせた。

わたしは受験に失敗し、浪人生活を余儀なくされた。と書くと、高熱と父のいびきが原因で、のように聞こえるだろう。そう思いたかった時期もあった。しかし、ほんとうの理由は別のところにあったのだ。

受験科目の中に数学があった。数学についてわたしは圧倒的な自信を持っていた。自分に解けない問題などない。そんなふうに自惚《うぬぼ》れていた。ほとんど狂信にちかい。四問で二百点満点。舌嘗めずりしながら一問目に取りかかる。分からない。分からない。三十分経過。一時間が過ぎても答案は白紙のまま。高熱の頭に血が上る。制限時間二時間のうち、一時間四十分まで一問目にしがみついて、とうとう分からずじまい。あわてて二問目を解いて提出するのが精一杯だった。

そんなことがあって、翌年、数学の問題は簡単そうなのから手をつけた。めでたく合格。しかし、そういう履歴があったにもかかわらず、過信と自惚れは、揺らぐことはあっても無くなりはしなかった。

それからさらに十数年が経ち、会社勤めをしていた頃、救急車で病院へ運ばれる事件が起きたのも、もとを糺《ただ》せば、愚かな自己への過信からだった。

（二〇〇二年七月五日）

チケット買うのも

台風十号が吹き荒れる中、新幹線のチケットを買いに、保土ヶ谷駅みどりの窓口へ。十四日のなら何でも結構、朝一番のだって構いません、と申し出たのだが、とんでもない。東京十時四分発のものがたった一枚残っているだけだった。

一ヶ月前から買えることは知っている。が、帰省するのに、前もって切符を買ったことがない。正月なら元旦を過ぎてから、夏はお盆を過ぎてから帰るので、どうせガラ空きにちげーねー。それに、最悪でも自由席で立って帰ればいいのだからと高をくくってきたのだが、ここにきて、秋田新幹線がどれも全席指定になったため、いままでの考えが通用しなくなった。

ここまで書いて、父に、めでたく切符とれだよー、と電話。危うく帰りそびれるところであったよと、事の次第を告げるや、元来おめーは少しのんびり過ぎるのだ、と嗜《たしな》められた。

きょうの日記は、そのことをきっちり書き込むつもりでパソコンに向かったのだったが、電話の父の声がいつになく弾んでいる。なんだなんだ、どうした、何があったのかと問い質《ただ》したところ、わが弟が監督を務める母校井川中学校の女子バスケットボール部が東北大会で準優勝、二十一日から札幌で開かれる全国大会に出場することになったという。そうか。偉い！

ちなみに、男子バスケットボール部もめでたく準優勝。こちらの監督は、わが従弟《いとこ》。こちらも、偉い！

監督の功績がたたえられ、新聞に弟へのインタビュー記事まで載ったそうで、大変な喜びよう。なんといっても、井川中学校の女子バスケットボール部が全国大会への切符を手にするのは三十一年ぶりだというから凄《すご》いじゃないか。

子どもの頃、親子四人で買い物に行くと、必ず駄々《だだ》をこねて地べたに座り込むような、親の言うことを聞かない童《わらし》であったのに、先年亡くなった祖父からよく怒られるやんちゃ坊主であったのに、今となっては、どっちが兄貴か分からないぐらい、物事を見る目、人を見る目がそなわって、言うのは悔しいから言わないが、偉いなーと思う。

前に勤めていた会社が斜めになり、新幹線のチケット代を節約するため、バスで帰省したことがあった。母に託して弟が二万円くれたことを、生涯忘れない。直接でないところが、偉いなーと思った。親に逸《はぐ》れた取り柄の少ない兄を慮《おもんぱか》ってのことだったろう。ありがたくいただき、ありがてーなー、ありがてーなーと、感動を金魚の糞よろしく引きずって、行きつけのスナックですっかり飲んじまった。
弟に関してもうひとつ、生涯忘れられないであろう出来事は、これはだいぶ昔の話になるが、ガキの頃、ふたりで取っ組み合いの喧嘩《けんか》をすると、弟は、悔しそうに涙を浮かべ、「大きぐなったら、ギャングになって兄さんを殺してやるがらな！」というのが口癖だった。ギャング⁉そうして、全身鉄砲玉になって突進し兄の太ももに噛み付くのがならいであった。

（二〇〇三年八月十日）

かき氷食いてー

いや。わたしではなく…。

秋田から十四時二十七分発の新幹線に乗ったのだが、すぐそばに、なんだか動きの五月蠅《うるさ》いオヤジがいた。秋田弁丸出し、今どき流行らないパンチパーマなんかして、靴を脱ぎ、床にバーゲンのチラシを敷いて足をのせ、裂きイカの袋を開けてはむしゃむしゃ食い、隣りで身を縮めているキャミソールの女の子に向かい、「おねーさん、どごまでえぐの？」と型どおりの質問を浴びせ、「上野まで」と女子が答えるや、「そうですが。いっやー、ぐうじぇんだすな。わだすも上野だす」なんて、もう田舎臭いことこの上ない。たぶん、裂きイカ含みの口臭も相当なものにちがいない。憎ったらしいったらありゃしない。

パンチオヤジに心をかき乱されたわたしは、しばし目を閉じ無念夢想。カッと目を見開き、持って来た本に集中しようとした。

十数ページ進んだ頃、車内販売のワゴンが近づいてきた。パンチオヤジ何を思ったか、売り子に向かい「かぎごおりくだしゃい」。「あいにく、かき氷は置いてないんですよ」と売り子。

「そうなのげ。なら、なんが、つめだいものはありますが？」

「飲み物になってしまうんですけれども」

「ふ～ん。だったら、いらね」

「あいすみませんです」

「コーヒー、紅茶、ビールにウィスキー、お弁当はいかがですか」と言いながら、売り子は去っていった。

そのやり取りを聞いていて、また腹が立った。飲み物以外の冷たいものって、いったい、なにを想像して言ったものか。四角い氷かよ。ったくよ。隣りの可愛い女の子の肩に触れるなクソオヤジ。

なんだかムシャクシャして本を読んでなどいられなくなる。見飽きた窓外の風景に気を紛らせていると、「コーヒー、紅茶、ビールにウィスキー、お弁当はいかがですか」と、さっきの売り子が戻ってきた。パンチクソオヤジの席に近づくや、オヤジふたたび「かぎごおりくだしゃい」。「あいにくと、車内には置いてないんですよ」と売り子。クソオヤジ「あんれ。さっぎのおねーさんがい」。よっぽどかき氷が食いたいようだ。売り子の背中を見やりつつクソオヤジ、隣りの可愛いキャミソールの女子に「かき氷ぐれえ置いでくれだってええじゃねえがねー」なんて話しかけている。キャミソールの女子、モジモジするだけで、要領を得ない。

転瞬、わたしの何かがブチッと切れた。

サッと立ち上がり、我が物顔に体を伸ばしているパンチクソオヤジの席の横をゆっくりと歩いた。

「いでででででででででででで。あんだ、なにすんですが！　わだすの足を踏みづげで」

「通路まで出しているから、そういうことになるのです」

「そうがも分がらないけんど、だがらって、なにも踏むごどはないでしょ、踏むごどは…」

「さっきから聞いていれば、かき氷かき氷って、新幹線のなかにかき氷があるわけないじゃないですか。だいたい見ればわかるでしょ。ワゴンに積んである商品をサッと見れば。かき氷かき氷って、売り子が通路で立ち止まりシャリシャリシャリシャリ氷を削ってお客様に出せとでも言うのですか。少しは周りの人の迷惑も考えたらどうなんです。そんなに図体大きくもないのに、伸び切ったヒトデみたいに体をありったけ伸ばして、隣りの女性がかわいそうでしょ」

「あんれまあ…」

「なんですか」

「あんだ…」

「なに」

「それならそうど、最初がら言ってくれればいいものを」

「なにを」

「へ〜〜〜」

「なにが、へ〜〜〜、なの」

「なるほどなるほど、それで腹いせに、おらいの足を…。なるほどね〜」

「なにをさっきから一人合点しているんですか」

「あんだ、この娘さんのごど、気に入っているんでしょ」

「な、な、なにを言うんですか」

「いんや。まぢがいねー。ほっら、顔あがぐなったもの」

「そ、そんなんじゃありませんよ。ただ、ぼくは…」

「ええがら、ええがら。あんだのせぎ、どごよ？　代わってあげるがらさ」

「そんなんじゃありませんって！」

決然とクソオヤジの席を離れ、車輛の端まで歩いたのだが、トイレが見当たらない。逆に戻るのは癪《しゃく》だから、もう一輛突っ切って、むしゃくしゃするまま便器に向かい用を足していたら、ゴトンといって、新幹線が勝手にスピードを緩めやがった。くっそー。小便が手に引っかかっちまったじゃねーか。

いらだちを抑えられないまま、手をゴシゴシ洗い、通路を歩いて自分の席まで戻った。ふと見れば、パンチオヤジ、今度は足を前席のシートの下に伸ばし、いびきをかいて眠っている。隣りのキャミソールの女子が、恥ずかしそうに目であいさつをした。

（二〇〇三年八月十七日）

詩人について

わたしがまだ小さい頃、母は、わたしがNHKのアナウンサーになることを願った。成長して大人になったお前の姿がいつでも見られるように…。が、NHKのアナウンサーは、とても真面目で、面白い話などしてくれなさそうに思えたから、わたしは、ウンともスンとも母に答えなかった。

小学三年生のとき、「将来なりたいもの」という作文に、「日本一の百姓」という題で文章を書いた。運動会の親子リレーで走るのが遅くても、やるときゃやるよの無口な父が好きだったし、カッコいいとも思っていたから、そう書いた。が、いまふり返れば、幾分かはウケねらいだったと思う。後ろめたい気持ちがちょっぴりあって、それが結構ながく残った。

なので、わたしはこの歳になるまで、何かになりたいと思ったことがない。今は大出版社（！）の社長だが、それだって怪しいものだ。専務イシバシから、社長らしくなったと褒められることもあるけれど、フリをしているうちに少しは身についた部分もあるだろう。

話は飛ぶが、わたしは、詩人というものが分からなかった。人間の罪を背負って十字架に掛けられた、人だか神の子だかなんだか身分の定かでないイエス・キリストぐらいに謎めいてみえた。だいたい、わたしの村には電気は通っていても詩人という職業の人はいなかった。

小学校で詩を習った。が、そもそも詩というものが分からない。先生も説明してくれなかった。

短ければ詩のようであった。改行が多いのが詩のようであった。体言止めだと詩のようであった。深刻そうなのが詩のようであった。一度読んでも判らないのが詩のようであった。判ったと決して思わせないのが詩のようであった。枠に収まらないのが詩のようであった。とくべつ難しい言葉をつかってなくても、何でそこでそんな単語が登場してくるの？　と宙に浮かせられるのが詩のようであった。なにか世界の秘密を具体的に表現しているようでもあるけれど、無聊《ぶりょう》にまかせ、鼻糞をほじくって机の上に置いただけみたいなのが詩のようであった。要するに、わたしには詩がなんなのかさっぱり分からなかった。

以前勤めていた会社に、詩人が入社してくることになった。みな、色めき立った。詩人と呼ばれる人をとくべつのイメージでみているのは、わたしだけではなかった。それはまさに、イエス・キリストが転職してきたようなものだったから。

言い忘れていたが、わたしにとっての詩人のイメージといえば、「ムーミン」に出てくるスナフキン。これだ。ギターをぼろんと鳴らして、山が青くなるときは、なんてことを人生に引っ掛けて言ったりする。

ところで、くだんの詩人、スナフキンとは似ても似つかなかった。やたらと声が高く、高いだけでなく声が割れ、いつも胃が痛そうな姿勢でヘコヘコ歩き、上司に追従《ついしよう》を忘れない、危険を察して水にもぐるザリガニのような男だった。ただ、彼のおかげで、詩人といってもただの人、イエス・キリストなんかでは決してないのだということは分かった。

きのうテレビを点けたら「詩のボクシング」をやっていた。初回はねじめ正一さんがチャンピオンとなり、二回目は確かそのねじめさんを破り谷川俊太郎さんが勝ったはず。今回何度目だろう。

川沿いの焼き鳥屋で講評するのは佐々木幹郎さん。飲んでいたのは酎ハイかな。ニコニコしながらスッとコメントし、なるほどなーと思わせられる。ああ、わたしもいま同じように感じていましたと自信が湧いた。切って捨てるような風にならないのが佐々木流。結局、二時間ずうっと見てしまった。

　一回戦から決勝までというと、相当の数の詩を聞いたことになる。それぞれ面白かった。言葉で聞いているだけ（身振り手振りはあるにしても）なのに、笑えたり、なるほどねーだったり、上手いなーだったりで、とても楽しめた。ただ、朗読者が自作の詩を読むというその姿は、詩の内容とは別に、ぼくの身体にある種の違和を生じさせる。己《おのれ》を語る、曝《さら》すことへの違和かもしれないが、本当のところはよく分からない。

　秋田の父はつい最近まで、谷川俊太郎さんを知らなかった。国語の教科書にも出てくる谷川さんをである。このごろ縁が出来ておつき合いいただくようになり、そんなことから、父も意識するようになったのだろう。

　父がいつだかテレビを点けたら、ＮＨＫの番組に谷川さんが出演していたらしい。ああ、この人が谷川さんかと父は思った。どういう文脈かは知らないが「まだ生きていたのですか、と言われることがありまして…」と、そのとき谷川さんが言ったとか。それを聞いて谷川さんが気に入ったと、父は電話で知らせてきた。父はもちろん詩人と付き合いがない。静かにふつうに話をする谷川さんに驚いた様子だった。

谷川さんや佐々木さんの言葉に触れると元気になる。それはちょっと独特の元気で、リゲインやユンケルとはちがう。すると、詩人というのは、言葉で人を勇気づけたり感動させたりのエンターテイナーかもしれないと思うようになってきた。

自分だけの言葉というのは元来あり得ないのかもしれない。小学校で「人を楽しませ元気にする」詩の授業をやってくれていれば、わたしの詩のとらえ方も変わっていたろうし、詩人に対して差別的な言辞を弄することもなかったかもしれない。

会社の同僚は詩人である前にどこにでもいる気弱で上司にへつらうことを仕事にしているような仕事の出来ない男であったが、家族思いの優しいパパであった、という話も聞かなかった。（二〇〇三年八月三十一日）

Mさんのこと

父から電話があり、京都に住んでいる父の従兄《いとこ》Mの奥さんが、肺ガンで亡くなったとのこと。享年六十九。

子どもが二人いて、上の息子がわたしと同じ歳。下の娘がわたしの弟と同じ歳。子どもたちも既におじさんおばさんだろうが、わたしの記憶は、父と母が、Mさん夫婦と出稼ぎに行っていた頃の写真に貼りついている。

写真のなかの弟はやっと立っている風だから二歳ぐらいではないか。

Mさんの娘と仲良く、自分の頭ほどの夏みかんを持って笑っている。弟はあの頃の記憶はあるのだろうか。たぶん静岡だ。出稼ぎに行った先の飯場で撮ったものだろう。わたしはもう大きくなっていたから、出稼ぎに随いていくことはなかった。

ということは、四十一年前だ。父が三十一、母が二十七。Mさん三十一、Mの奥さん二十八。

Mさん家族が京都に引っ越してからも、Mさんはお盆の頃一人で秋田へ帰ってくることがあった。父とは従兄同士というだけでなく、幼なじみでもあり、会えばすぐに打ち解け、ガハハガハハと笑っていた。

Mさんはまた、父にいろんなものを京都から送ってくれた。衣類のこともあれば、どでかいカラオケセットのこともあった。

あるときMさんは、父に腕時計を送ってくれた。父はその頃、地元の土建業者に雇われ、大きな建設機械に乗っていた。

Mさんからもらった腕時計をして午前中の仕事を終えた父が弁当を広

げていると、組の仲間が色めき立った。「三浦さん、な、な、なんちゅう時計をされているんですか！」。父にしてみれば「？？？？？」だったろう。

オメガもロレックスもオーディマ・ピゲも、父には何の価値もない。正確でありさえすればよく、一九八〇円のカシオで充分なのだから。

Mさんは、お盆に一度だけ車で来たことがあった。父が「おめえ、車の免許なんか持ってただか？」と尋ねるや、Mさん、言下に「おれがそんなもの、持ってるわけねーだろ」。「おめえ、それじゃあ、無免許でねーか」。「無免許がこわくて車に乗れるかっつうの！」。そうか。そうさ。いいのかそれで。いいのさ。ガハハハ…

真偽のほどは分からない。しかし、Mさんはそういう人だ。いつも人を笑わせてくれる陽気なおじさん。

妻の死を告げたMさん、電話口で父に、もうおれの人生は終りだ、と言ったそうだ。

（二〇〇三年十一月五日）

弁当のおかず

正月、秋田へ帰り、かつての同級生たち数名と飲んでいたとき、P君とVさんが付き合っているという話が出た。

なぬっ!!

思わずわたしは叫んでしまった。

P君といえば、虫も殺さぬような大人しい人で、どこにいても、いるかいないか、いないかいるか、存在感の極めて乏しい人物だった。その後、存在感を濃くしたという話も聞いていていない。

あのP君が、よりによって、イノシシのような圧倒的存在感を誇るVさんと付き合っているとは穏やかならぬ話。きっと、情にほだされたのであろう。そうにちげーねー。

はたまた、おのれの存在感の希薄さを、Vさんの圧倒的存在感で補塡しようと図ったものか。

分からぬっ！　あはははは…　Pの悲劇、あはははは…

わたしの真向かいに座って、ふんふん頷《うなず》きながらその話を聞いていたHさん、

「話が飛んで申し訳ないけど、P君ていえばさー、わたし、どうしても忘れられない思い出があるの」

なぬっ!!

一同、色めきたった。なにやら猥雑、卑猥なエピソードの臭いがして、Hさんのほうへ膝を二センチずつズラした。

なんだ、なんだ、なんだ。なにがあったというのだ！　なにをされた

のだ⁉

いちばん興奮しているのが、わたしであった。

「そんなんじゃないよ、三浦君たら。やーねー。あのね、P君ね、ここだけの話しだけど、…」

ふんふん、なになに、なんだよ。もったいつけるなよ。とっとと、言っちまいなよ。

「あのね、お弁当のおかずがね、いつも、塩サバなの」

は⁉

一同、目が、・・。

「サバの塩焼き！」

それは分かるよ。いいじゃねーか。豪勢じゃねーか。サバの塩焼きなんて。羨《うらや》ましいぐらいさ。

「ところが、そうじゃないんだって。毎日毎日。ずうっと。わたし、必ずチェックしていたんだから」

へ〜〜。毎日、サバの塩焼きねー。あんな脂臭《あぶら》いサカナ、毎日食ったら胸焼けしたろうにねー。へ〜〜。でも、分かるなー。P君のことだから、家に帰っても、忙しい母親のことを慮《おもんぱか》って、一切不平不満を洩らさなかったんだろうねー。その伝で、Vさんに攻められたときも、不平不満を一切洩らさず、言いなりになったんじゃないのかねー。

「お弁当のおかずといえば、わたしも思い出があるわ。P君が塩サバなら、Cさんは、串に刺したメンチカツ。白いご飯の上にワン、ツー、スリーでメンチカツが乗ってるの！」とSさん。

そりゃまた、変わっているね。

「でしょ。だから、わたし、そのときすぐに言ってやったの。変わってるね、って。そうしたら、Cさん、家に帰って、母親に言ったらしいのよ。Sさんにこんなこと言われたよって。黙って聞いていたCさんのお母さんが、Sさんのおかずは何？　って、Cさんに訊いたんだって。Cさんさっそく記憶をたどって、こんなおかずやあんなおかずがSさんのお弁当には入っていたわ、って言うと、Cさんのお母さん、合点がいったように、こう言ったそうなのよ。Sさんのお母さんは、若いからね」あははははは…　こりゃ、おもしれー。

振り返れば、確かに、小学生だったわれわれのお母さんたちの中で、Sさんのお母さんは、格別若く、美しく、目立っていた。

だからって、それとお弁当のおかずとは関係ないではないか。

しかし、分からないこともない。想像するに、Cさんのお母さんとしては、若いお母さんなら、お弁当のおかずを毎日考え工夫するのも苦ではないだろう。むしろ楽しいことかもしれない。しかし、歳とってくると、そういうことが面倒臭いのよ。日替わりでおかずを替えられるということは、Sさんのお母さんがそれだけ若い証拠、そういうことを言いたかったのであろう。

ちなみに、わたしのおかずは、毎日というわけではないが、かなり頻《ひん》繁《ぱん》に、イカリングの醤油煮だった。

好きな食べ物だったからよかったが、弁当の中で醬油が落ち、イカが白茶け、味が薄まっていたのには閉口した。

もっとちゃんと味が染み込むまで煮付けてくれよ、おふくろ！　そう思った。

が、わたしもP君と同じで、そんなことをいちいち母親に言うことはなかった。

（二〇〇四年一月五日）

踊りコ、見ちけだ！

赤羽のユイちゃんからメールがあった。ユイは源氏名。

物知り顔のエラそうな客に、そんなことも知らねーのかと、コケにされたらしい。

「物を知らないからって、あなたに迷惑を掛けたわけじゃないでしょ」と、ユイちゃん突っぱねたらしいが、それでも物知り顔はひるまずに、いじいじと、ねちっこく、薄っぺらな、どうでもいいような知識をひけらかしたらしい。

嫌味なことや意地悪なことを言う奴にかぎって、人間関係で深く傷ついて、八つ当たり的にそんなことを言うから、気にするな。気にするな。気にするな!!

そう書いてメールを送っても、ユイちゃんのこころは悲しくて、悲しくて、どうにもならないようなのだ。

「ミウラちゃんがつかっている辞書が欲しい。襟裳岬や立待岬や足摺岬が載っている辞書が欲しい。客に馬鹿にされない辞書が欲しい」ユイちゃんのRe：メールは、もうほとんど泣いているのであった。

「大辞林には、襟裳岬と足摺岬は載っているけど、立待岬は載ってないよ」と返信。

すると、さらにRe：「大辞林が欲しい。大辞林が欲しい。わたしも、ミウラちゃんのように物知りになりたい！　あの嫌味な客を見返してやりたい！」

慰《なぐさ》める言葉を失くしたわたしは、すぐに「日本の古書店」で検索し、

『大辞林』を注文した。八王子にある古書店のものが安く、送料込みで二六〇〇円。安い！

すぐにユイちゃんにメールで知らせる。

「大辞林があれば、もう客に馬鹿にされなくて済む。がんばれ、ユイちゃん！」

そう書いてメールを送ったものの、わたしの気持ちもなんだかシンとして、シンとしてきて、ユイちゃんから「ありがとう」の返信メールが来ても、からだの奥の奥の、そのまた奥が、ブツブツ熱くなって、こっちまで、なんだか泣きたくなってきた。

ふと思いつき、そばにあった土方巽《ひじかたたつみ》のCD－ROMをかけ、土方の声を聴く。

「マスターベーション、おぼえる、よりも、シーーンシンどした、砂糖水っコを、じーーーーっと、飲んで、いだ。そのどぎ、サドウキビばだげで、踊りコ、見ちけだ！」

暗い秋田弁が、ジクジク語りだす。沁み込んだ。

悲しくて悲しくて、からだの奥の奥の、そのまた奥がブツブツ熱くなる真空の踊りを踊る土方に釘付けになる。チリチリチリチリ、ジクジクジクジクジクジクジクジク。

歌は伝説の瞽女・杉本キクイの「葛の葉、子別れ」の一節だろう。『瞽女』のカメラマン橋本照嵩さんに知らせなきゃ。

踊りコ、見ちけだ！　踊りコ、見ちけだ！　悲しみはいつしか哀しみとなり、哀しみの果ての踊りコ、見ちけだ！

（二〇〇四年一月二十三日）

ま、いいじゃねえか

秋田の母から電話があり、「覚《さとる》（わたしの弟の名前です）も、お前の「よもやま日記」読んでいるようよ」という。

母は、弟が兄のことを気にかけていること、二人しかいない息子たちの仲のよさが何より嬉しいようなのだ。

弟が「よもやま日記」を読んでいることを、わたしはすでに知っていた。なぜなら、あるとき、弟がメールでそう告げてきたから。

「兄貴のよもやま日記、毎日読んでやってるよ」。やってるよ…。ふん。

母がそのことを知ったのは、男鹿のおじさんのところへお嫁に行ったおばさんの記事は、兄貴（わたしのことです）が記憶違いしていると、母に異議申し立てをしたことによる。

覚がそれを口にするということは、読んでいるからだ、と母はそう思ったのだ。

弟いわく、あの日早退したのは、兄貴だけでなく、俺もいっしょだった。それなのに……!!

弟はもう立派な大人だから、実際そんな風に言ったわけではなかろうが、母からその話を伝え聞き、弟のこころの声が聞こえてきそうな気がした。

兄貴だけ、ずるい!!

わたしがそんな風に想像するのには理由がある。

小さい頃、わたしは好きな食べ物をもらうとすぐに食べた。とくにアーモンド入りチョコレート。

ところが、弟は、賢いリスのように、自分にしか分からない場所に匿しておく、といっては語弊があるが、しまっておいた。

弟は鼠年《ねずみどし》、わたし酉年《とりどし》。

弟は、誰にも気づかれていない、とくにズルイ兄貴には気づかれていない（わたしは、弟の匿し場所を知っている素振りは微塵《みじん》も見せなかった）と思っただろうが、わたしは、ちゃあんと知っていて、弟がいない隙《すき》に、ちょくちょくその匿し場所から餌《えさ》を盗んでは食べた。

そんなことがきっと弟の記憶の底に染み付き、トラウマになっていて、兄貴には油断も隙もあったもんじゃねえ、と思っているのであろう。

だから、好きなおばさんの嫁入りの思い出を、チクショー、兄貴ばかり独占しやがって、あのとき、いっしょに早退して帰ったじゃねえか、ぼくだって、おばさんの嫁入り姿を見たわい！　それなのに、兄貴ったら、自分だけ、いい思い出を独占しやがって…。

というような思いが鬱勃《うっぼっ》と湧いてきたのではないか。

弟といっしょだったとすれば、あの記事の風景は確かに違って見えてくる。

おばさんの頬を伝った涙は、わたし一人のものではなく、弟と仲良く分けなければならないことになる。

弟よ、許せ!! もうきみのチョコレートは取らないから。あははははは
……

弟は、きょうのこの記事を読んで、きっと涙を浮かべるだろう。そして、こう呟《つぶや》くだろう。

「そんな兄貴の言葉、信じるわけねえだろう!! 何度騙《だま》されてきたと思っているんだ!」


(二〇〇四年一月二十九日)

え！　もう着いたの？

写真集『九十九里浜』の推薦文をお願いしていた加藤郁乎さんから手紙をいただいたので、お礼の電話を入れる。

最初、奥様だろうか女性が電話に出られ、事の次第を告げると、「ちょっと待ってください」と、本人に代わった。

春風社の三浦と申します。推薦文を頂戴いたしました。ありがとうございました。と、申し上げると、え！　もう着いたの？

むむ。

瞬間、吹き出しそうになった。なんというのか、その「え！　もう着いたの？」が、およそ一切の意味を含んでいない。というか、まさに、真空。燕《つばめ》返しのように一閃《いっせん》したのだ。

ただの、驚き。

え！　もう着いたの？

いいなあ。凄《すご》いなあ。疲れがバッと飛ぶぐらい、晴れやかな気分になった。

お仕事中だと失礼かなと思ったので、お礼だけ伝え、すぐに電話をきろうとしたのだが、悠揚《ゆうよう》として迫らぬ気配を漂わせながら加藤さん、今回の写真集について、四十年前、伊藤左千夫の句に導かれるように九十九里を歩いたこと、安原顯さんから頼まれていた長詩について、それが叶《かな》わぬうちに安原さんが亡くなられたこと、生まれが会津であること、え、きみ、秋田の生まれか、土方さんの近くではないか、東北の生まれは頑張り屋だからなあ。きみも、頑張り屋か。頑張らねばならぬ、頑張らねば、ねば、ねば（そうは、加藤さん仰らなかったが）、うん。頑張らねば!! なんてことや、日本の出版文化は駄目《だめ》になったものだ。間違っておる。頑張りたまえ。頑張りたまえ。わざわざ、どうもありがとう。などなど、仰った。

電話を切ったときには、わたしはもう元気百倍、千倍。

体もこころも、ぐわわ〜〜んと、矢を放つ前の弓のように、しこたま撓《たわ》んでいた。よおおおっし!! とおおっ!!

言葉と一心同体の声というのは、これほどに凄いものなのか。ふつうの、有り難いお話だったが、それだけよけいに、感動した。

白刃一閃《はくじんいっせん》の「え! もう着いたの?」につづく、抜けるような空の青と、海の時間、クジラの眠り。

秋田では、もうすぐ稲の浸種《しんしゅ》が始まる。

加藤さん、ありがとうございました。

頑張るぞーっ!! とおおっ!!

（二〇〇四年二月十三日）

K氏の長女

祖母の兄の子、つまり、父の従兄《いとこ》K氏が先日亡くなった。父が電話で教えてくれた。

危篤《きとく》を知らされた父は、急ぎ、入院先の病院に駆けつけたが、K氏はすでに虫の息。だれが来ても、声をかけても、もう何も分からなくなっていたそうだ。

K氏の長女が、意識を失っている父親の肩をつかまえ「進さんが来てくれだよ、進さんが来てくれだよ」と、ぶんぶん揺すった。

父は、「そ、そんなに揺すってはいげない」と、K氏の長女を抑えた。ずっと目を開けたままだったK氏は、最期、静かに目を瞑《つむ》ったという。父は、ああいう死に方を見たのは初めてだと驚いていた。

孫からうつされた風邪が元で肺に水が溜《た》まり、それを吸引したらしいのだが、吸引の度が過ぎたのがいけなかった。

わたしが中学一年生のときだから、三十年以上も前のことになるが、K氏が長女を連れてわが家を訪ねて来たことがあった。遊びに来たのだったか、何か相談事でもあったのか、まるで憶えていない。

みずからそうするわけはないから、父かK氏に言われ、わたしは、K氏の長女を二階のわたしの部屋へ案内した。遊ぶといっても何の芸もない、会話を楽しむでもない。仕方がないので、コーヒーを入れることにした。もちろん、インスタントだ。

ネスカフェのコーヒーとクリープ。それに、お砂糖。コーヒーカップを二つ用意し、三つの粉を同時に入れ、準備万端。下からお湯を持ってきて、こぼさぬように注意しながら注いだ。そこまではよかった。ところが、お湯がぬるかった。なんだよ、かあちゃん、お湯がぬるいよ、と母を恨んだのだが、時すでに遅し。

クリープは湯船に浮かぶ軽石の如くに、混ぜても混ぜても、溶ける気配がない。

中学一年の洟垂《はなた》れガキからみれば、高校生といえばもう立派な大人。しかも、K氏の長女は、当時のわたしからすれば、花も恥じらう都会の娘でギンギンギラギラ輝いて見えた。とても目など合せられるものではない。

その彼女の目の前に置かれたコーヒーたるや、まさに最悪。お湯がぬるくて、クリープが塊《かたまり》のままプカプカ浮いて、無情にも、わたしをせせら笑っている。

あのときほど世の不条理を果敢《はか》なんだことはない。ものすごく惨《みじ》めだった。ああ、俺という人間は、どうしてこうも駄目なんだろう。最低。

インスタントコーヒーをまともに入れることすら出来ないのか。愚か者。ちきしょー!! 天に向かって叫びたい気分だった、ほんとに。

あのとき、わたしはどうしたのだったろう。彼女の前に正座し、恥ずかしがりながら、真っ赤な顔をして固まっていたに違いない。

あれから一度もK氏の長女に会ったことがない。

電話でK氏の訃報《ふほう》を知らされたとき、あのときの思い出がありありと目に浮かんだ。


（二〇〇四年三月二十一日）

青山

わたしもよく知っている我が町の助役さんが、早朝山菜を採りに行き、崖《がけ》から滑り落ちて亡くなった。父が電話で教えてくれた。

午後一時までには帰ると言い置き、朝の四時に出かけたが、いくら待っても帰らないので、不審に思った家人が捜索願いを出したところ、大きな木の枝に引っかかり、頭から血を流し、すでに虫の息だったそうだ。第一発見者は、助役の息子さんだった。

ヘリコプターを動員し、秋田市の病院まで運んだが、間に合わなかった。

六十七歳はまだ若い。庭いじりが好きで、好きな石を自分で運び入れたり、花を植えたり、趣味の人でもあった。町の人、役場の人の信頼が厚く、もう歳だから辞めたいというのを請われて助役を三期務めた。

かつて山菜を採りに行った折、山の斜面にへばり付いて宝のアイコやヤマウドを採っていると、さらに険しい頭上の斜面を横断するものがいて、ひょいと見やれば、それが、かの助役さんだった…。そんなエピソードを父は電話で教えてくれた。

わたしが小学三年生のとき、父に子ども用自転車を買ってもらった。補助車をつけてしばらく練習したのち、いよいよ脇《わき》の車を外して乗り回していたら、勢いあまって、苗代《なわしろ》に頭から突っ込んだ。泥の中のムツゴロウよろしく起き上がることすらできずに足掻《あが》いた。そのとき、スズキの黒いオートバイで通りかかったのが助役さんで、泥の中からわたしをすくい上げ、助けてくれた。

崖《がけ》を滑り落ちた瞬間、助役さん、きっと、死ぬなと思ったろう。なんでだか分からぬが、そんな気がする。わたしがまだ子どものころ、同じく山が好きだった祖母に連れられ山菜を採りに行ったあの山々を想像し、ふところ深い山の靄《もや》を想像し、そうだったろうと思うのだ。

わたしの祖母も、あんなに腰が曲がって平地なら亀のような歩きなのに、山に入れば、だれも随いて歩けぬほどのスピードで斜面を移動した。祖母は、山菜の神様と周りから呼ばれていた。

助役さんも、神となって最後の山を駈け巡ったのだろう。

（二〇〇四年五月十一日）

天才カッちゃん

保土ヶ谷に、美味い日本料理を食べさせてくれるお店がある。

小料理千成、店の名前だ。今年で二十一年になるという。

ご主人も女将《おかみ》さんも福島県の出身。ご主人の名前は「和紀」、カズトシと読む。だから、カッちゃん。

東北人はえてして寡黙《かもく》になりがちだが、カッちゃんは違う。弁舌さわやか、スパイス（日本料理だから山葵《わさび》か）の利いた話がポンポン飛び出すから、客はいい気持ちになって、美味い料理に舌鼓《したつづみ》を打てるというわけだ。

また、カッちゃん、どこで見初《みそ》めたのか、女将さんがとっても器量良し。幼なじみって言ったかな。

あんまり夫婦仲が良いから、羨《うらや》ましくなって、「カッちゃん、女将さんを連れてこれから飲みに行ってもいいかな？」って言ったら、洗い物をしていたカッちゃんの手からボールがカラン！　と落ちた。居合せた客たち、爆笑。可愛いカッちゃんなのだ。

かつて横浜に住んでいた頃よく通ってきたお客さんで、いまは遠くに転勤になった人が何人もいるそうだ。その方たち、横浜に出てくることがあると、必ず店を訪ねてくれるという。それぐらいカッちゃんのつくる料理は美味い。

まず、刺身が美味い。刺身は、ごまかしが利かない。素材が勝負だろう。どれだけ精選しているのかと恐れ入るが、これだけ美味い刺身は、横浜広しといえども、ちょっと口にできないのではないか。

ほかに、焼き物、煮物、揚げ物、酢の物、なんでもあるが、とにかくなんでも美味い。舌を巻く。

舌といえば、カッちゃん、料理に気合が入ってくると、不二家のペコちゃん人形のようにペロッと舌を横に出す。天才の技が冴える瞬間だ。

先日、カッちゃんに、わたしのふるさと料理を頼んでおいた。それが出来たと電話があり、きのう会社が退《ひ》けてから寄ってみた。

海の魚でわたしはキンキが一番好きなのだが、ふるさとでは、というか、秋田の母は、それを薄塩で軽く焼いてから味噌で煮る。母がそのやり方をどこで覚えたのかは分からない。ことことことことこと…。キンキの身が味噌に溶け出すぐらいに煮る。

一度焼いているから香ばしく、そのまま食べて好し、味噌をご飯に乗せて好し、その上からお茶をかけ、山葵をちょいと入れてもまた好しで、捨てるところなく、骨を残して全部食べられる。

これをカッちゃんに所望《しょもう》していたのだ。

目の前に出されたキンキの姿にまず驚く。豆腐と焼いたネギ、刻んだ生姜《しょうが》も見える。身をほぐし、最初の一箸を口に運ぶ。むむ、こ、これは…。母とはまた違う天才の味。

終始無言で全部食べた。食い尽くし、しゃぶり尽くした。天才の技と味を最後の汁一滴まで堪能、コラーゲンたっぷりの目玉まで。

子どもの頃、キンキの目玉を弟と競い合い奪い合ったものだが、そんなことまで思い出しながら、半年ぶりに大好物を口にし、特大の満足を得た。

やっぱし魚はキンキだべ。ほんとうに美味かった。

それにしてもカッちゃんだ。天才は、どこに隠れているか分からない。

二軒置いて隣りが天才ブックデザイナー・矢萩多聞君の実家。

（二〇〇四年六月二十四日）

偉いっ！

わたしの弟は、秋田の中学校で国語の教師をしているが、女子バスケットボール部の顧問もしていて、県の大会で優勝したそうだ。ぱちぱちぱち…。

偉いっ！

井川中学校（わたしも弟も、その学校を出た）としては二十一年ぶりの快挙で、新聞にもでかでか出ているぞ、と、父から電話があった。

まあ、とにかく弟はよくできた男で、わたしがたまに地元に帰ると、

「はっ、あの三浦先生のお兄様でいらっしゃいますか」ってなことで、キッラーンとした眼差しで見られることが少なくない。

三浦先生があんなに偉いんだから、そのお兄様となるとさらに偉いんではないか、と、こうなる。うそ。もとい。三浦先生があんなに偉いんだから、そのお兄様となると、やはり相当（三浦先生ほどではなくても）偉いのではないか、と、こうなる。

弟の日々の付き合いの賜物と感謝し、こちらも何となくシャキッとする。

ぼくも一度、弟が監督しているバスケ部の試合を見たことがあるが、あれは親でなくても感動する。なんだか熱が入ってきて、「うら〜〜〜っ!!　いけえええええっ!!」となる。なります。子を持つ親ならなおさらだ。

監督にもいろいろタイプがあるらしく、いつも冷静沈着《ちんちゃく》（なんて人はまずいないか）客観的に試合の進捗《しんちょく》状況を見て必要に応じ指示を出す、そういうタイプもいれば、中学生の試合なのに、とにかく試合で勝つことを最優先させ、法に触れなければ、いや、ルール違反でなければどんな姑息《こそく》な手も辞さぬ、というタイプもいるようだ。

弟の具体的な指示は分からない。が、指示するときの表情、大声、身振り手振り、ブレイクタイムでミーティングするときの気配を見ていると、彼は、技術的なことはさておき、直《じか》の感動そのものを大事にしているのだな、と、思わされた。「後悔するようなことをするな！　練習してきたことを全部ここで出せ！　いいか、分かったな。よし、行けっ！」

そんで試合開始となったら、うら〜〜〜っ!!　いけえええええっ!!　なにゃっとんじゃあああああっ!!　そんな感じ。顔を真っ赤にしている。まるで、ゆでだこ。

感動の玉を磨くことを第一と考え、そのことを生徒に伝えているのであろう。

思えば、弟は中学生のときから、大きくなったら先生になると言っていた。当時出会った先生の印象が強かったとも聞いている。

県の大会で優勝したので、今度は東北大会だ。今年の開催地は一関。そこで優勝か準優勝すると、いよいよ全国大会、東京へ駒を進めることになる。

どうせだから、面倒だから、全国制覇しろ。しちゃえ。そんで祝杯あげようぜ！

弟を見ていると、先生もいいなあと思えてくる。感動があるもんな。親もそれを応援するし、町だって安閑《あんかん》としてはいられない。大型バスの五、六台もチャーターして一関に向かうことだろう。ババッと金をつかい、つかいすぎたら、また愛情一本チオビタ飲んで頑張るさ。ね。

（二〇〇四年七月十四日）

親身

折れた鎖骨の状態を診てもらうため、仙台の瀬上先生のもとへ。久しぶりの仙台は駅前がさらに広くなり、旧のおもかげが薄くなったとは言うものの、すこし横に外れれば、広瀬川ながれる岸辺のなつかしさは格別。

先生は、これまで春風社から本を三冊出している。『明治のスウェーデンボルグ』『魚と水』『仏教霊界通信』。医者であることと医者の仕事を深く考えながらの著作であることを、今回目の当たりにした。

診察室の外の椅子に座っていたのだが、扉は開いていてカーテンが閉まっているだけ。内容までは聞き取れないが、（だから余計に）先生と患者さんとのコミュニケーションの質が声を通して感じられる。親身になって話を聞き、不安を取り除き、相談に乗ってあげていることがすぐに分かった。

前もってレントゲン写真を撮ったあと、ふたたび待合室の椅子に座って待つこと数分、わたしの名前が呼ばれ、中に入ると、なつかしい先生の温顔に接し思わず涙がこぼれそうになった。先生は、レントゲン写真を見ながら説明をしてくださった。素人のわたしが理解したところでは、通常の鎖骨骨折ではなく、心臓よりも遠い遠位端骨折で、処置としては脱臼の治療に近い。手術せず、そのためのベルトで矯正する方法を取りましょうということになった。さらに二階の大掛かりな機械のある部屋で、モニターを見ながら先生の話に耳を傾けた。わたしの鎖骨は、ちょうど跳ね橋のような状態になっており、肘を持ち上げ肩のところを上から押えつけるようにすると、橋がつながるように折れた骨と骨が近づくのが見える。わたしの不安はだんだんと解けていく。それからまた診察室に戻ったのだが、付き添ってくれた看護婦さんが「痛かったでしょ」と声をかけてくれた。その声と笑顔にまた感動。ここの看護婦さんたちには作り物でない何かほのぼのとしたものがあると思った。

診察後、先生にそのことを告げたら、スタッフに恵まれています、最高のスタッフです、とおっしゃった。「スタッフによく言うのは、診る側、診られる側を区別してはいけない。今たまたま診る側の人間になっているけれども、いつ自分が怪我をしたり病気をしたり、また家族のうちの誰かがそうなるかも分からない。そうなったら、上から人を見るようなことはできなくなるはず。相手の身になること。それはどの仕事にかぎらず大事なことでしょうけれどもね。まだ自然が失われていないこういう土地柄のせいかも分かりません。新井奥邃《おうすい》先生も、生涯、仙台の土地の空気を大事にされた方ではなかったでしょうか…」

先生のお父様も医者だったという。子どもの頃から患者さんと膝を交えて話す父の姿を見て育ったそうだ。医者というのはそういうものだと疑いもなく思ってきたと。

親身について、ぼくの好きな国語辞書『大辞林』にはこうある。【親身】①血縁の近い人。身内。近親。②肉親のように心づかいをすること。また、そのさま。例文「親身になって世話をやく」

病院を出た後、秋田の実家へ電話をし手術しないで済むことを伝えると、母は声を詰まらせ、何度もよかったよかったと言った。

（二〇〇五年五月十日）

めでたい

折れた鎖骨の治癒の具合を診てもらいに仙台へ。結論。九十五%の治癒率。ぱちぱちぱちぱちぱち…。めでたい。が、新幹線の中で澤木興道『禅談』を読んでいたら、正月「おめでとうございます」と言った弟子に「何がめでたい。何がめでたい」と澤木が詰め寄る場面があり、めでたいもいろいろで、一喜一憂するめでたいとは異なるめでたいを澤木という人は言っているのだなと思った。

診察が終り、一ヶ月後の予約を済ませて外へ出る。近くの肉料理のお店で昼食を取るのがならいになっているのだが、数度足を運んでいるためお姉さんたち、わたしの顔を覚え、「ベルト、取れたんですね。おめでとうございます」と声をかけてくださる。「ありがとうございます。いま診察が終り、そのまま来ましたが、外出するときは、まだ着けていなければなりません」

いつもなら店を出てそのまま仙台駅へ直行するところ、ふと思い出し、大学時代からの友人Wがいる会社に電話。二人ぐらい取り次いで出るのかと思ったら、いきなりWが出たから驚いた。いま仙台にいる事情をかいつまんで説明し、Wの母上に挨拶《あいさつ》に伺いたいがどうだろうと言うと、W、とても喜んでくれ、実家の電話番号を教えてくれた。さっそく電話し名前を告げるも、すぐには思い出せなかったようだ。大学を出て以来会ったことがないのだから仕方がない。住んでいたアパートがWの家の近くで、あの頃はよく行ったり来たりしていた。

タクシーで家の近くまで行ったのだが、四半世紀も経っているから記憶の中の景色とすっかり変わってしまっている。角の酒屋に入り、道を尋ね、外へ出て歩いていたら、帽子を被った女性が片手を額にかざしてこちらを見ている。Ｗのお母さんだった。

オレンジジュースとコーヒーをご馳走になる。学校を出てから今日までのことを簡単に説明し、Ｗとはたまに会うことがあると告げた。にこにこした笑顔は記憶のまま。いろいろ忙しくしていて一人でも寂しくないとか。間もなくＷの弟さん家族が遊びにくる予定で、そのあと、若い時からの友人五人で一泊二日の温泉旅行に出かけるらしい。「人生は短いわよ」ぽつりとおっしゃった。

大学時代、正月Ｗが秋田の家に遊びに来たことがあった。豪雪のため電車が陸中川尻で足止めを食い、結局その日は今のＪＲ（当時はまだ国鉄）が紹介してくれた秋田市のホテルに泊まった。翌朝、ホテルでＷに会い、連れ立って確か男鹿半島へ向かった。ときどき思い出したように車の通る人のいない雪道をひたすら歩いた気がする。あれから三十年近くになる。

（二〇〇五年九月十三日）

へなちょこ

骨折した鎖骨の状態を診てもらいに仙台へ。月一度の診察だから六度目ということになる。瀬上先生はいつもにこやか、お顔を拝見するだけで病院嫌いのわたしはホッとする。きのうは、レントゲンを撮らずに、なんという機械か分からないが、いきなり骨を透視する機械の台に乗せられ、折れた箇所のくっ付き具合を診てくれた。「大丈夫ですね、もう」と先生はちょっと仙台訛《なま》りのある言葉で言った。半年の胸のつかえが一気に下りた感じ。

「二ヶ月後にまた見せに来てください」

「はい」

「肩をぶつけないように気をつけてください。それと、重いものはなるべく持たないように」

「はい。ありがとうございました」

超多忙な先生に別れを告げ、次にリハビリ科へ行き左腕を動かすリハビリを行う。穏やかな感じの先生で、なんでも気になることを話してくださいというから、つい、このごろ感じている「死の不安」について話してみた。黙って聞いていた先生は、仕事がら死を看取る場面の多いこと、死の受容の段階について、さらに、断定的でなく、こういうことが大事ではないでしょうかということを静かに話してくれた。「三浦さんは、第一段階に入ったということではないでしょうか」。そうかもしれないと思った。

大好きだった祖母と祖父が相次いで亡くなった時、悲しくて涙を流しもしたけれど、今思えば、自分のことはカッコに入れ、ただそこに佇《たたず》んでいたように思うのだ。たかが鎖骨を一本ポキッと折った（涙！）ぐらいなのに、それがきっかけとなり、あざやかにカッコは外れ、臆病なわたしは、自分の死について初めて思いをいたし、へなちょこにも鬱々《うつうつ》と気を病むようになった。糸の切れた凧《たこ》状態。枝から離れた葉っぱのよう。川を流れる笹舟みたい…。

そうなってみると、たとえば新井奥邃が自分の死に際して「墓も造るな」と周囲に語ったこと、禅僧の澤木興道が晩年、自分が死んだら近くの医科大学に献体《けんたい》せよとの遺書を持ち歩いていたなどの話を聞くにつけ、これからどんなに勉強し、精進しても、そんな境涯《きょうがい》に自分が達するとは思えない。けれども、ただ日々笑って面白おかしく暮らす（そうやって最後まで行けたらどんなにいいだろう）より、生まれたからにはいつか必ずやってくる自分の死について少しは思い（思うだけではダメかも知れぬが）をいたしながら、一日一日を感謝して暮らせるようになりたいと、これまたほんの少しだけど思うようになった。

（二〇〇五年十月十二日）

黒糖梅飴

こくとううめあめ、とでも読むのだろうか。一個ずつ小さなかわいい袋に包装されており、それが一〇〇グラム単位で大き目の袋に入り商品として売られている。「甘酸っぱい梅と黒糖で仕上げた飴。」と袋に書いてある。

年末から正月にかけて秋田に帰省した折、親はありがたいもので、みかん食べない？　煎餅食べない？　お団子食べない？　牛乳飲む？　チオビタ飲む？　食べない？　飲まない？　と、次から次へと持ちかけてくる。わたしは、あまり間食をしないほうだから、「いらない」「いらない」の繰り返し。ちょっと、そっけなさ過ぎるかなと思いながら、やっぱり食べないし、飲まない。

秋田は、今年何十年ぶりかの豪雪で、新幹線「こまち」が正月五日は終日運休、父が運転し母が助手席に座る車で秋田駅まで送ってもらったのに、結局、横浜に戻るのを一日伸ばすしかなかった。「おかげで、一日ながく居られることになったから、よかったかな」「そうね」。たわいもない話をしながら、来た道をまた逆戻り。途中、豪雪にもめげず開いている回転寿司屋に入り、三人並んで寿司を食べた。わたしの左隣りが母、その隣りが父。三人とも寿司が好物で、秋田に帰る度、その店に寄っている。

翌日、まるっきり前日と同じようにして父の運転する車で秋田駅に向かう。助手席に母が座り、わたしは後部座席。発車間もなく、母が、「これ、おいしいから食べてごらん」と言って、かわいい袋に入った飴を渡してくれた。拒《こば》むのもどうかと思って、今回ばかりは、もらって食べた。母は、もう一つ小さな袋を破り、運転中の父の口中へも放りこんだ。

飴が口の中でゆっくり溶けてゆく。まろやかな甘さとほんの少しの酸っぱさがうまくミックスされ、なかなか美味しい。ガリッと音を立てたのは父。

「どうも最後まで舐《な》めていられねんだ」と恐縮している。わたしは最後まで舐めた。一個全部が溶けてしまったので、前に座っている母に、「もう一個ある？」。母は、小さなかわいい袋を黙って差し出した。

横浜に着いて一週間が経った頃、父に頼んでおいた米が宅配便で届いた。ダンボールを開けると、一番上に、見覚えのある袋が三つも入っている。黒糖梅飴。間食をしないわたしが珍しくねだったものだから、息子の口に合ったと思って入れてくれたのだろう。

米が届いたことを知らせる電話をかけた時、飴の袋が入っていたことを母に尋ねたら、近所の店には売っていないらしく、父に頼み、わざわざ車を出してもらい、飴を売っているスーパーマーケットに行って三袋買い、米といっしょに送ってくれたものらしい。

一人で食べたら二ヶ月はもちそうだから、会社に持参し、社員にお裾《すそ》分《わ》け。「美味しいですね」と言って皆、喜んでくれた。

（二〇〇六年一月二十七日）

父の仕事ぶり

最近の農家は、所有する田んぼを手放さず、作業を請け負いで依頼することが多くなっているようだ。父は齢《よわい》七十を過ぎているが、自分の田んぼだけでなく、頼まれれば機械を使い、出かけて行って各種の作業をこなす。むろん無償というわけではない。一つの仕事がいくらいくらと、だいたい相場が決まっているらしい。父の仕事はていねいで通り、近所で評判になっている。

ゴールデンウィークに帰省した折、集まった親戚のものたちとテーブルを囲み団欒《だんらん》していたときだ。背の高い男性が訪ねてきて、父が応対に出た。「そんなことしてくれなくてもいいのに…」という父の言葉が聞こえる。客が帰った後、戻ってきた父が見せてくれたものは結構な数の魚だった。

支払いはとっくに済んでいるのに、世話になっているというので、わざわざ持ってきてくれたそうだ。興味がわいたので、父にどんな仕事ぶりなのか尋ねてみた。

父は例をあげて説明してくれた。

言わずもがなのことながら、ほとんどの田んぼの形は四角い。四角い田んぼに機械を入れて作業するときに難しいのは四つの角。自動車と同じで農業機械も直角には曲がれない。だから、ほとんどの請け負い人のする仕事は角が残る。角が残ることは頼むほうも頼まれるほうも了解しているから、その仕事に対する料金は変わらない。

ところが父の場合、少し違う。前方に向かい機械を運転している限り、角はどうしても残る。そこで父は一計を案じ、角を曲がった後、今度は機械を角のギリギリまで後退させ、残った角の部分が極力少なくなるように配慮する。土に対して働きかける器具は機械の後ろに付いていることがほとんどだから、そうすることによって、仕事を依頼した側が手作業でしなければならない範囲がほんの少し残るだけになる。仕事は依頼しても、元もとは農業を知っている人たちだから、父がどんな仕事をしたかは一目瞭然だ。

いただいた魚が何の種類だったか忘れてしまったが、そういう意味のある魚だった。

（二〇〇六年五月十八日）

ヤクルトおじさん

春風社が入っているビルに、ヤクルトの製品を販売するおねえさんがやって来る。フロアごとに曜日が決まっているらしく、我が社は月曜と木曜。

いちばん奥の窓際の席から、でかい声で「おはようございます」と挨《あい》拶《さつ》はしても、ヤクルトもジョアも買ったことがなかった。ところが、ふと思い立って、このごろは、おねえさんが来ると必ずヤクルトを二個、買うようにしている。

子どもの頃、ヤクルトおじさんがいた。祖父の友達で、店をやりながら、毎日ヤクルトを配達していた。祖父がどうしてヤクルトを飲むようになったか定かではないが、もう若くはない友達がはじめた新しい商売に、そんな高価なものではないし、ひとつ協力してやろうとでも思ったのだろう。

祖父は、自分で飲む以外にも、わたしや弟にも買って飲ませてくれた。小さな罎《びん》に入っているヤクルトを、祖父は口をすぼめて大事そうに飲んだ。わたしも弟も祖父の真似をして、口をすぼめた。

あるとき、祖父は父に、ひどく窘《たしな》められたことがあった。今さらそんなものを見てどうする…。ヤクルトおじさんに誘われ、映画を観に行こうというような話だったと思う。どうもそれが真っ当な映画ではなさそうなのだった。

父に意見されて、祖父は、結局その映画を観に行かなかったと思う…。

ヤクルトの味は、皺《しわ》の寄った祖父の唇であり、春先の乾いた土の香りであり、ヤクルトおじさんの古びた自転車の錆びの色であり、わたしと弟の失われた秘密の時間でもある。

（二〇〇八年二月十五日）

寒雀

男鹿に嫁《とつ》いだ叔母から電話があった。ヤクルトにまつわる祖父の話でひとしきり盛り上がった後、叔母は寒雀《かんすずめ》のエピソードを話してくれた。

今は法律で禁止されたのだろうが、わたしが子どもの頃は、空気銃で雀をよく捕った。もちろん、子どものわたしが空気銃を扱えるわけはない。父の弟が二人いて、二人ともよく空気銃を操った。わたしや弟は、猟犬のように、叔父たちの後をくっついて歩き、撃《う》ち捕った雀を拾った。

叔母が教えてくれたエピソードとは、捕った雀の毛を毟《むし》り、砂糖醤油で焼いて食べさせてくれるのは祖父の役目だったが、いちばん美味しい胸肉は、孫のわたしや弟の口に入り、叔母や、すぐ下の敏子叔母には、気持ちの悪い脳みそが入った頭や首や尻などが廻《まわ》ってきた。孫にはかなわない…。

この季節になると、思い出すそうだ。

（二〇〇八年二月二十日）

鶏の糞の臭い

『僕の解放前後　一九四〇―一九四九』という韓国の翻訳本を編集しているが、著者である柳宗鎬《ユジョンホ》氏の子ども時代の思い出が生き生きと描かれている。韓国では有名な作家で、すでに著作集も出ている。日本語による出版は初めてである。

あげれば切りがないが、著者が少年の頃、子どもたちの間で流行《はや》った遊び（どこの国でも、子どもたちはいつも変な遊びを発明しては、勝手にはしゃぐものらしい）があって、冬の寒いときに手の甲を激しく擦《こす》り合せて臭いを嗅《か》ぐというもの。その臭いが鶏の糞の臭いにそっくりだというのだ。あはははは…。やった、やった!!

わたしも子どもの頃、まったく同じことをしていた。

さっそく社員に告げて確かめたのだが、だれもやったことがないといぅ。わたしと同学年、年齢が一つ下の武家屋敷に聞いても、やったことがないという。武家屋敷は女の子だからな。

そういえば、アレは男の子同士の秘密めかした遊びではあった。それにしても、おかしい。秋田と韓国で共通しているとはどういうわけか。

いやいや、秋田だけではないと思うよ。手の甲を激しくこすり合せて臭いを嗅ぐと、鶏の糞の臭いがするというのは、かなりインターナショナルな遊び(?)のはずだ。それとも、仏教伝来のように、インドで起こった遊びが朝鮮半島を経て日本に伝わり、それがいくつかの地方で残っているということなのだろうか。ふむ?　ゼロを発見した、好奇心旺盛なインド人が発明しそうな遊びではある。

ところで、ぜひ試してみてください。手の甲同士を激しくこすり合せるんですよ。こすり合せたら、すぐに鼻のところに持っていって嗅いでみてください。時間を置いてはいけません。すぐにです。それから、濡れていてはダメです。本当は冬の寒いときが一番なのですが、それは、まあ、仕方ありません。なるべく手の甲を乾燥させた状態でおこなってください（って、なんでそこまでして、鶏の糞の臭いを嗅がなければならないかという問題は残りますが…）。

（二〇〇八年五月十六日）

初恋の人のケツ

幼なじみで初恋の人からメールが来ました。小学校は二クラス、中学校は三クラスしかなく、だれとでも一度くらいは同じクラスになるのに、自宅は歩いて五分とかからない距離なのに、彼女とは一度も同じクラスになったことがありません。

ところが、前の会社を辞めた頃だと思いますが、彼女から電話をもらい、それから仲良くなって、今は帰省する度に会うほどになりました。分からないものです。

彼女は、友達によくこう言うのだそうです。三浦君は、みんなといっしょに呑《の》む機会があると、初めの頃はわたしを初恋の人だとか紹介してくれていたのに、実際に話すようになってみて、きっと何かがガラガラと音を立てて崩れてしまったのね。最近は、初恋の人と言わずに、幼なじみと言うわ…。

先日、電話でそんなことを言うから、大笑いしてしまいました。

前置きが長くなりました。メールをくれたのは、その彼女です。

内容は、昨日ブログ「よもやま日記」に書いたウォシュレットに関する、わたしの趣味というか、遊びというか、それについてのものでした。毎日「よもやま」をチェックしてくれているらしく、とても感謝です。

彼女も、わたしとまったく同じことをしているというのです。

お尻の中に溜まったものをブファッ〜と出すのは快感なのだとか。分かります、分かります。それも一度ならず二度三度と…。まったく同じ！

先日やはりここに書いた子どもの頃の遊び、手の甲を擦《こす》り合せると鶏糞の臭いのする遊び（これについて彼女は、手の甲でなく手首同士を擦り合せるのだと言っていましたが、詳細はともかく）も、すぐにメールが来て、やったやった、わたしたちもやったよ！　と記されていました。

初恋の人とこんなに共通項があると思うと、ウォシュレットや鶏糞ではありますが、なんだかうれしくなります。

（この日の日記はここまでであるが、後日、ウォシュレットに関するわたしの記事を読んだ別の同級生からメールがあった。そんなに気持ちがいいのならと、彼女も何度か試したそうだ。すると、数日してお尻の中が痛くなり肛門科で診てもらったら、数箇所切れており、医者から水圧をあまり上げて肛門を洗ってはいけないときつく注意されたとのことだった）

（二〇〇八年七月四日）

ウサギとネズミ

この「よもやま日記」かつては土曜日、日曜日も書いていた。出張の折、宿に使えるパソコンがないときは手書きしたものをファックスで会社へ送り、社員にアップしてもらっていた。秋田に帰省した折は、弟の家まで出かけ、パソコンを借り、そこからアップした。

そういう姿を見かねたのか、あるとき田舎に帰ったら、父が、「お前にプレゼントだ」というから、何かと思ったら、パソコンが置いてあった。うれしかった。そのパソコンを使い、実家で「よもやま日記」を数回書いた。

ところが、怪我と病気をした後、土、日は書かなくなったので、父からのプレゼントは寝たままになっていた。

保土ヶ谷の自宅で使っているパソコンが、編集長ナイトウに言わせると、人間の寿命でいえば二百歳を超えるそうだから、完全に壊れる前に換えようと思い、この正月帰った折、父にそのことを話したら、使ってもらったほうが機械もうれしいはずだから、横浜へ持っていけと言う。それで、父に頼んで、宅急便で送ってもらうことにした。マウスだけは取り外して鞄に入れて持ち帰った。

さて、長くなったが、ここまでが前段。

宅急便で秋田からパソコンが届いた翌朝、父から電話があった。父との会話を修飾することなく記すと、

「おはよう」

「おはよう」

「パソコン、とどいだが？」

「ああ、とどいだとどいだ。どうも、ありがどう」

「うむ。それはよがった。ところで、ウサギの耳って言うのが、あれはどうした？」

「はあ？　ウサギの耳？」

「ウサギの耳だよ、ほら」

「ウサギの耳ってなんだよ」

「ウサギの耳みだいなの、あるべ？」

（わたしはここで、はたと思った。これは、父が何か誤解をしているな。最初、ダンボールの持つところの楕円形の穴のことを指しているのかとも思ったが、どうもそうではないらしい…。ピーン！　と来た）

「ウサギの耳でなぐ、ネズミだよ、父さん。ウサギの耳に似でないごどもないけども、あれ、マウスっていうんだ」

「ああ、それそれ、マウスマウス」

「マウスなら、取り外して鞄に入れて持って来たよ」

「んだべ。なんぼ探してもながったがら、おがすぃーなぁと思っていだのさ。ああ、良がった良がった」

というわけで、今日は、マウスをウサギの耳と言い間違えた父のお話でした。


（二〇〇九年一月八日）

吉郎さんのこと

拙著『出版は風まかせ』について、多くの方から感想を寄せていただきました。ありがたいことです。

先日、小・中学校の同級生N君のお兄さんの奥様からうれしいメールをいただきました。本を出さなければ、メールをいただくこともなかったかも分かりません。わたしが帰省するたびに会っている同級生のSさんからメールアドレスを教えてもらったとのこと。SさんとN君のお兄さんの奥様は、コーラスの仲間です。

N君のお兄さんを、吉郎さんといいました。N君やわたしより三つ年上です。

奥様からメールをいただき、吉郎さんのことを懐かしく思い出しました。

今は統合されて、井川小学校になりましたが、わたしが通ったのは井川東小学校でした。朝、部落ごとに集団で登校します。人間が集まって暮らす一つの集落、コミュニティーのことを地元では「部落」と呼んでいました。今で言う「町内」という単位です。

部落ごとに登校し、それぞれ教室にランドセルを置くと、すぐに体育館に集まります。集まって何をするかといえば、相撲です。板敷きの体育館にペンキで円を描いてありましたので、それを土俵に見立て、部落ごとに対抗で相撲を取るのです。円は三つしかありませんでしたから、早く登校した部落がその権利を得ることができました。ですから、低学年生は陣地を取るのに必死でした。

さて本番は、低学年生から順番の勝ち抜き戦です。同級生のN君は、小柄ながら強かった。

ところでN君のお兄さんの吉郎さんは、当時、学校中で一番強かったでしょう。もう一人、小泉部落で強い上級生がいましたが、それでも吉郎さんの強さには敵わなかったはずです。

わたしは、吉郎さんと相撲を取るのが好きでした。なぜかといえば、けして乱暴なことをしなかったからです。上級生の中には、自分の強さを誇示するかのように、下級生を力任せに投げ飛ばす人もいましたが、吉郎さんのは、そういう相撲ではありませんでした。組んでみれば、いや、組まなくても、自分より圧倒的に弱いと分かる相手に対しては、手加減というのでなく、四つに組みながら、実践で教え諭《さと》すように土俵の外へ運びました。もちろん、投げを打つこともありました。子ども心に、偉い人だなと思ったことを覚えています。だから、吉郎さんと相撲を取るときは、文字どおり、胸を借りるつもりでぶつかっていったものです。

吉郎さんは、学校を卒業後、町の役場で働いていましたが、先年、病気のため、若くして亡くなりました。

（二〇〇九年十月十六日）

正紀叔父の笑い

わたしの父の名は進。一字です。すぐ下の弟、わたしにとっては叔父、の名は勤。これも一字。わたしが衛で、弟は覚。従兄弟たちも、隆、力、誠、治、透、正、健、亘、などなど、一字の名前が多い。

このように、一字の名前が多い一族なのですが、まれに二文字の名前の人がいまして、正紀叔父はそのうちの貴重な一人。

その正紀叔父、先日、朝三時ごろ、布団の中で突如大声で笑い出した。驚いたのは、隣りで寝ていたおばさん。

「なした？　なした？」

「なした」は秋田方言で、「どうした」の意味。

訊けば、正紀叔父、拙著『出版は風まかせ』の「著作権」の章を読んでいて吹き出したのだとか。

「ああ、衛も都会に出て、いろんな人に揉まれ、ずいぶん苦労したのだなぁ、あはははは…」という訳なのでした。

その話を、わたしは母から電話で聞きました。

おばさんがわたしの母に会ったときに、そのことを告げたのだそうです。それにしても、と思いました。正紀叔父の笑いの質は、たしかに我が一族に共通するものである、と妙に腑に落ちた次第。

ちなみに、正紀叔父は夜通し読んでいたわけではなく、朝目が覚め、眠れなくなり、そうだ、衛の本でも読むか、となったようです。


（二〇〇九年十月二十日）

腹にのる!?

小学校に入るかその前か、それぐらいの頃ではなかったかと思います。家をでて坂を下り、井内の新太郎床屋によく行きました。祖父のトモジイが床屋の道具を一式持っていて、トモジイにやってもらうことが多かったけれど、半々くらいの回数で、新太郎さんに髪を切ってもらいました。気の利いた予約制などというものはまだなく、大人も子どももブラッとやってきては、おしゃべりしたり、新聞を読んだり、しゃちこばって順番が来るのを待ったり、めいめいの時間を楽しんでいたものです。

やっとわたしの番が来て、大きな立派な椅子に座りました。新太郎さんが髪の毛をちょきちょき切っていきます。鏡の中のわたしは、切りそろえられた髪の毛の下で目の玉がきときとしています。馬の革にちゃんちゃんちゃんと当てた後の剃刀がうなじに当たります。こそばゆいけれど、なんと気持ちがいいのでしょう。新太郎さんは、ソファーに腰を掛けている次の客の話に合せながら、それでも手を止めることはありません。わたしは鏡の中のその人の顔をながめました。見たことはあるけれど、どこのだれだか分かりません。新太郎さんにいろいろ話しかけていて、ふと黙ったと思ったら、

「おもしろぐにゃあどぎは、かあちゃんの腹にのればえええべ…」と言いました。

新太郎さんは、うんともすんとも答えません。

どうして「かあちゃんの腹にのる」のだろう。しかも面白くないときに？

新太郎さんに尋ねるわけにもいかず、足りない頭でいろいろ想像しているうちに、

「はい。できました！」

わたしは慌てて椅子から跳び下りました。

後年、平凡社から出ている『アラビアンナイト』（東洋文庫）を読んでいたとき、らくだ乗りごっこという言葉が出てきて、文脈からそれと分かりましたが、小学校に上がるかどうかの年頃では、「それ」の意味を理解することは出来ませんでした。

新太郎さんは昨年亡くなり、床屋を継ぐ人はいません。

（二〇〇九年十一月九日）

加賀谷書店

拙著『出版は風まかせ』の注文を、秋田市の加賀谷書店からいただきました。加賀谷書店は、忘れられない書店です。

わたしの実家は秋田県南秋田郡。郡で済まずに、その下に「字」もつきます。農業を営む家が多く、わたしの家も兼業農家でした。齢八十に近づいた父は今も米を作っています。

農家であったことが言い訳にはなりませんが、わたしの家には本を読む習慣がありませんでした。父も母も本を読みません。

わたしが小学四年生のとき、母がわたしに本を買ってきてくれました。森鷗外の『山椒大夫』と夏目漱石の『こころ』です。近所の子どもと比べて人一倍本を読まぬ息子のことが心配だったのでしょう。

結局『山椒大夫』は読まずじまい、『こころ』はタイトルが平仮名だし、読めるかなと思ったのですが、さっぱり面白くありません。すぐにほっぽってしまいました。

高校に入って、母からもらった本のことが気になりだし、汽車（電車でなく汽車）通学でしたから、単行本は重いので、新たに文庫本の『こころ』を買いました。それを買ったのが加賀谷書店でした。わたしの読書遍歴は、文庫本の『こころ』に始まったといっても過言ではありません。

そのころは、出版社に勤めることも、まして自ら出版社を立ち上げることも、考えだにしませんでしたが、先日、加賀谷書店から注文をいただき、自分の人生がくるりと一巡したようにも思われました。

（二〇〇九年十一月十日）

ご縁の歯車

学生時代、青江舜二郎の本を読んでいたことが、今の仕事に繋がろうなどと、だれが想像しただろう。

青江は秋田市出身の著名な劇作家で、ご長男の映画作家・大嶋拓氏が今「異端の劇作家 青江舜二郎 ～激動の二十世紀を生きる～」を秋田魁新報に連載している。スコブル面白い！ 名文家・青江のＤＮＡはたしかに大嶋氏に伝えられていると見た。

大嶋氏の担当で秋田魁新報社文化部デスクのＳ氏は、わたしの高校の同期生。一昨日、大嶋氏と電話で話していて驚いたのは、青江舜二郎が武塙三山（祐吉）と懇意にしていたという事実。知らなかった！

武塙三山については、『出版は風まかせ』で少し触れたが、無医村だった故郷の村に医者を招聘した先達で、上井河村（現井川町）村長、秋田魁新報社社長、秋田市市長、ラジオ東北株式会社（現秋田放送）社長を歴任した。またわたしは、青江の『狩野亨吉の生涯』で〝怪物〟狩野亨吉なる人物を知った。狩野も秋田出身である。安藤昌益の『自然真営道』を発掘した人としてつとに有名だが、夏目漱石の小説のモデルになったり、一校の校長だったり、蔵書十万冊を東北大学に売ったり、極めつけの読書家だったにもかかわらず、自らは一冊の本も残さなかった。名利の埒外にあった人（幕末から大正にかけて生きた異端のキリスト者新井奥邃《おうすい》を彷彿とさせる）と言えるだろう。露伴や漱石や谷川徹三ら錚《そう》錚《そう》たる学者・文人たちから一目も二目も置かれていた傑物であったのに（のに、というのも変だが）、「性」に異常なほどの関心を示した。

でも（でも、というのも変だが）謹厳実直な高潔の士であることに変りはなく、松岡正剛によれば、社会派弁護士として名を馳せた正木ひろしは、狩野亨吉を「国宝的人物」と称えたという。

ご縁の大きな歯車がまた少し動き始めたようで、わくわくしてくる。

（この後二〇一〇年三月で「異端の劇作家　青江舜二郎」の連載は完結。春風社より単行本が二〇一一年春に刊行予定）

（二〇〇九年十一月十九日）

五十本百本

ある本を読んでいたら、年をとるとめまいが起きてくると書かれてありました。めまいは加齢とともに起きる現象で、耳の中の三半規管が影響しているといわれます。

その本の著者が医者に相談すると、人の話を聞くときに必要以上にうなずく人はめまいが起きやすいと教えられたそうです。また、髪の毛が長く、目にかかる髪を首を振ってかきあげる人はめまいが起きやすいのだとも。そう言った医者の頭に毛はなかったそうです。

それを読んだとき、私はすぐに友人のI君を思い出しました。高校時代からの友達で、大学もいっしょ。また、高校では同じ陸上部に所属していました。

I君は、人の話を聞くとき、腕組みをし何度も大きくうなずきます。ということは、やがてI君もめまいに悩まされる？

でも、と、私はすぐに思い直しました。

なぜなら、I君の頭は、除雪車で雪を払った後のように、頭の真ん中にツンツルの幅広の道ができており、髪の毛をかけあげる必要などまったくないからです。だから、人の話にうなずくことでめまいにつながるマイナスをツンツル頭が相殺《そうさい》してくれ、年をとってもめまいに悩む心配はないでしょう。かく言う私もI君に負けず劣らず、人の話にうなずいたり相槌《あいづち》を打ったりしますが、私の頭もI君同様、長い毛の生えない頭ですから、首を振って髪をかきあげる必要がなく、よって、めまいの心配がありません。I君の頭の毛が五十本なら、私の頭の毛は百本くらい。

二人は五十歩百歩ならぬ、五十本百本の間柄《あいだがら》なのです。
小椋佳さんの歌で「めまい」というのがありますが、小椋さんも「めまい」の起きない頭のようです。

（二〇一〇年四月二十七日）

山の幸

この連休を一年前から楽しみにしていまして、楽しいことは、アッという間に終ってしまい、横浜に帰ってきた昨日は一日、呆けておりました。

近所のひかりちゃん、りなちゃんたちとふるさと秋田を訪ね、山菜を採り、アブラハヤを釣り、ニワトリと遊び、山の空気を吸い、清水で喉をうるおすなど、山の幸を堪能する忘れられない数日となりました。とくにこの時期の山や田は、朝靄のなかで光り輝いています。

「魂」という字は、精神論的に使われるとあまり好きではありませんが、ふるさとの自然には、心と言っても足りなくて、「魂」としか言えない、なにか心を震わすものがあるような気がします。

わたしの実家から数十メートル離れたところのSさんが今年亡くなり、そこの家にはだれも人がいなくなりましたが、ほかで奥さんや子どもたちと暮らしている息子さんが、だれもいなくなった家をちょくちょく訪ねてきては、畑仕事にいそしんでいるということを、母から聞きました。息子さんの気持ちが分かるような気がします。

帰るたびに言葉以上のものを教えてくれるふるさとに、感謝せずにはいられません。

（二〇一〇年五月六日）

謎解き「秋田蘭画」

神田かるちゃー倶楽部・明神塾「江戸のミステリー　源内・直武――江戸・秋田」の二回目は、秋田県立近代美術館の山本丈志さんを招いての講義「直武と秋田蘭画」及び塾長・田中優子さんとの対談でした。

忘れられた絵師であった直武が明治二十年代に、秋田の画家・平福《ひらふく》百《ひゃく》穂《すい》によって再び世に知られるようになったこと、そして何より、直武の絵に隠された謎解きの一時間で、眠くもならず、わくわくしながら聞き入りました。直武が全国区になったきっかけは、平賀源内が銅山開発指導のために秋田を訪れたこと（その時、源内が直武の画才を認める）ですが、講師の山本さんは、源内が訪れた阿仁の生まれとのこと。

山本さんは調べているうちに、源内が当時歩いていたであろう土地で自分が子ども時代を送ったことを知ったそうです。また山本さんは、秋田大学教育学部を卒業された方ですが、秋田蘭画を知るそもそものきっかけになったのは、大学で武塙先生からスライドをみせられたことだったとか。山本さんは、武塙先生としか仰いませんでしたが、武塙先生とは、おそらく、井川町出身の先達・武塙祐吉（三山）のご子息武塙林太郎氏に間違いないでしょう。

自分の人生で何をするのか、見えない糸が織り成され、そのなかで生かされていることを山本さんの話を聞きながら感じさせられました。

（後日、電話で山本さんに確認したところ、山本さんが学生時代に教わった武塙先生とは、武塙林太郎氏だとのことでした）

（二〇一〇年五月十一日）

従姉

家に帰ったら、留守電に一件登録がありました。秋田弁で名前を告げていましたから、すぐにわかりました。電話をしてくるのは初めてのことです。

わたしの父の姉の長女（ややこしい）で、いとこのなかで一番年上です。父の妹よりも年上で、電話をくれた従姉にしてみれば、自分より年下の叔母が二人いることになります。ややこしいですが、昔はそういうことが、よくあったんですねぇ。

早くに結婚して、遅くまで子どもをたくさん生み、育てますから、必然そうなります。

しばらくしたら、また電話がかかってきました。入院先の公衆電話からとのことでした。暇ですることもなく、俳句や短歌を作ったから、批評してほしいとのことでした。大学ノートに書き付けたものもあるから、お盆に帰省したとき、見てほしい…。わたしのつくる俳句は極めて我流で、批評できるほどのものは持ち合わせていないけれど、そんなことはこの際関係ないと思いましたから、電話口で暗唱してみせる従姉の俳句や短歌について感じたままを正直に伝えました。

電話を切った後、いろいろあったであろう従姉の人生に思いを馳せました。

（二〇一〇年五月十九日）

山菜料理

子どものときは、山菜料理を食べても、不味くはありませんでしたが、とくに美味いとも思いませんでした。

亡くなった祖母が「山菜の先生」と呼ばれていて、乞われると、いっしょに山に連れて行くほど、山をよく知っていましたから、家族で食べるだけでなく、隣町で市の立つ日には売りに出すぐらい採ってきたものです。

よく食べましたから、あたりまえになって、ありがたみが分からなかったのでしょう。いろんなものを食べてきて、いま山菜をいただくと、単純に、なんて美味いんだろうと思わずにはいられません。

サッと茹で、醤油かポン酢かマヨネーズをかけるだけで、これぞ料亭の味！　といっても大げさでない、それぐらい美味い。山菜の美味しさを知るために、他のものを食す必要もあったのでしょう。

東北地方で広く採れるアイコは、わたしの地元ではアイノコと称することが多いのですが、正式名称は、ミヤマイラクサというのだそうです。刺草と書いて、イラクサ。字のとおり、手袋をしてないと、チクチクと痛くて敵《かな》いません。なのに、熱を通すとチクチクが消え、食べると、ほんのり苦味もあり、なんとも言えず美味しい。山の味です。

アイコ、アイノコの名前には、土地の人の気持ちが表されているように思います。


（二〇一〇年五月二十四日）

秋田の魅力

日本を代表する写真家で、一九七四年五月三十一日に亡くなった木村伊兵衛は、一九五二年六月から一九七一年二月までの二十年間に、通算二十一回、秋田を訪れたそうです。最初はそんなに足しげく通うつもりはなかったと、何かに書いてあったのを、どこかで読んだ気がします。

また、わたしの友人で、現在ヨーロッパで活躍している音楽家のSATOSHI REIさんは、宝塚市出身ですが、学生時代多いときは、年に七、八回も秋田を訪れたと聞いています。

REIさんに、かつて、「秋田のどこが、そんなにいいの？　特に何があるわけではないでしょう？」と訊いたことがありました。その時REIさんの言った言葉が忘れられません。「何もないところがいい」。わたしの質問に困ったのかもしれません。REIさんが秋田の印象からインスピレーションを得てつくった曲に「水の向こうに」があります。傑作です。聴くたびに、なんというか、血が騒ぎます。

もちろん秋田には、観光地だって、美味しい食べ物だって、人情だって、自慢できるものが、いろいろあります。わがふるさと井川町には、「自慢こハウス」という土地の産物の直売所もあります。

人とおカネを引き寄せるためには、みんなで知恵を出し合い、方策を考えなければなりませんが、「あるものの魅力」の根底に、「ないものの魅力」が横たわっているような気がします。

そういうことを感じ、考えたのは、今年のゴールデンウィークに、横浜で親しくしているご家族の車に乗せてもらい、秋田に行ったことがきっかけでした。小三と中一の女子は、奥山の谷から湧き出る清水を手で掬って飲み、山菜を採りに山へ入り、川でアブラハヤを釣り、鶏小屋で卵をとり、それはそれは楽しそうでした。秋田に住みたいとも言い、別れ際に涙ぐむ子どもの姿に、涙もろいわたしの父は、もらい泣きをしていました。

印象的だったのは、子どもたちが、家の周りをぐるぐる散歩し、小高い丘から朝靄にけむる奥の山々をジッと眺めていた姿。木村伊兵衛や、友人のＲＥＩさんを惹きつけた秋田の秘密を、垣間見た気がしました。軽々に言うことは控えなければなりませんが、芸術家と子どもの魂を震わせるものが、秋田にはありそうです。

（二〇一〇年六月一日）

第三部

夢

栄光の背番号3

恐ろしい夢をみた。

馴染みの三人が、背丈の高い毛むくじゃらの男三人に捕らえられ、裸にされ、乱暴されそうになった。

切れ痔に悩むわたしは、こんなものを突っ込まれた日には、ひとたまりもなく血が噴射すると思われ、それよりも、わたしにそんな趣味はない。いちばん嫌だったのは、そいつの体が肉の臭いを発していたことだ。

わたしは、取るものも取り敢えず、一目散に逃げ出した。ピンクの肌の毛むくじゃらの男が物凄い形相で追いかけてくる。

しばらく平坦な丘を走っていたのだが、ふと見ると、右下に川が流れている。川べりへ下り、流れに沿ってゴロタ石を越えながら走ることにした。毛むくじゃらは水に弱いと思ったからだ。

向こうから人がやってくる。すぐに、この人はいい人だと思った。サウジアラビア人なのだった。

たどたどしい日本語で、「よもやま日記」を書いているのは、あなたか、と訊いてきた。サウジアラビア人は、どうも、行方不明になった知人を探しているようなのだ。

サウジアラビア人がどうしてバットを持っているのかわからなかったが、それよりも、後ろから追ってくる毛むくじゃらが気になり、わたしは、彼との会話もそこそこに、また走り出した。

胸騒ぎがし、振り返ってみると、毛むくじゃらがちょうどサウジアラビア人の近くを走っていた。

サウジアラビア人は、遠くからわたしに目で合図をし、持っていたバットで、毛むくじゃらの男の肩と背中と腰を、情け容赦なく、あらん限りの力で打ち据えた。

毛むくじゃらは、声もなく、ただググと体から鈍い音を発した。

もうそこまででいいと思ったのに、サウジアラビア人は、川べりに落ちているゴロタ石を拾い上げ、決められた仕事をこなすように、毛むくじゃらの男の目を石で力任せに殴りつけた。右目をつぶし、さらに左目。

両目をつぶされた男は、最早わたしを追いかけるどころか、一歩も歩くことができないのだった。

わたしは、自分の憎しみのせいで、こんなことになってしまったと反省するようだった。

力なく、へなへなとくずおれた。川の水で顔を洗おうとしたら、石の陰から小魚が数匹躍り出て、流れに逆らうようにヒョイと止まっている。

見れば、なかの一匹の目がつぶれている。もしや、と思った瞬間、血まみれの目をカッと見開いた。案の定、怒りに燃えた毛むくじゃらの男だったので、その辺に転がる石をとり、川を目がけてメチャクチャに投げつけた。

あとはもう、田んぼの畦道をひたすら走った。罪悪感はなかなか消えなかったが、どこをどう走ったのか、突然、東京ドームの大歓声につつまれ、ナイトゲーム真っ最中の球場に入っていた。

マウンドのピッチャーになにやら囁く男の背中が目に飛び込んでくる。栄光の背番号3が光っている。もしや、と思って見ていると、ピッチャーへの指示が終ったのか、くるりと振り向き、ダッグアウトに小走りに帰ってくる。それは、まぎれもなく、長嶋茂雄だった。

試合再開。ツー・エンド・ツー。ピッチャー、振りかぶって第五球。カーンと小気味いい音を発して球はセンターのスタンドへまっしぐら。長嶋茂雄の指示は、やはり功を奏さなかった。

グラウンドをゆっくり走る男の姿には見覚えがある。三塁ベースをまわった男は、確かにあの毛むくじゃらで、目もパッチリと開いている。

ホームランだし、今までのことは水に流したのか、毛むくじゃらは、これっぽっちの不平も洩らさず、ベンチに吸い込まれていった。

（二〇〇三年十一月十日）

変な夢

明日から夏休みという前日、我が校では運動会が予定されており、全校生徒はグラウンドの所定の場所について開会式を今か今かと待ちかまえていた。

各クラスの整列状況を見ながらグラウンドを一周していると、我がクラスもあった。奥まった場所で、運動会の応援席としてはあまりいい場所とは言えなかった。

我がクラスの生徒たちが目ざとくわたしを見つけ、学級委員が何やら号令をかけると、人文字が展開され、「！」だとか「？」だとかハートマークだとかお日様マークだとか雷マークだとかいろいろ、要するに、携帯電話の絵文字を人文字でやっているのだった。あははは……うまい、うまい、上手！　ところが、最後の人文字は「ＳＨＩＪＩ」のアルファベット。ははあ、担任のわたしに、これからすることの指示をくれというのだな。ま、いいじゃないの。自分たちで適当にやってくれよ。

いよいよ開会式が始まる時刻となった。校長先生は小泉総理大臣。

「突然で悪いが三浦君、わたしの頼みを聞いてくれないか」

「はい、なんでしょう」

「明日からいよいよ夏休みだ。そこで、運動会を始めるにあたり、夏休みの心得といったものを生徒全員に語ってもらえないだろうか。なに、そう気張らなくても、三浦君にとって夏休みとは何か、かつて三浦君が生徒だったとき、夏休みが君にとって何だったのか、というような話でもかまわない。どうだろう」

「はい、わかりました」

わたしはすぐに、ええと夏休み夏休み、夏休み、と、わたしにとっての夏休みって、……、ま、そのう、一年の半分ぐらいのところで来る休みだから、年頭の目標がどれほど叶《かな》えられ、叶えられていないとすれば、何がよくなかったのか、そういうことを反省して後半につなげる休み、とかなんとか言えばいいか。よしっ！

小泉首相が目で合図するので、わたしはいそいそと塀《へい》の上にのぼった。壇上じゃなく塀の上。ブロック塀。そこで挨拶《あいさつ》するようになっているのだった。足元が危ねえなあと思っていたら、なぜか空中から吊革《つりかわ》が下りてきて、わたしはそれにつかまりながら話し始めた。

「小泉総理大臣から、夏休みの意義について話すように言われ…」と話し始めるや、小泉首相が横からいきなり「三浦君、三浦君、いま、君、小泉総理大臣と言わなかったか？　わたしは小泉でなく、細川だよ」

「ん⁉　なぬっ‼　やばい。しまったあああ‼」

わたしは塀から落ちた。すると小泉総理大臣は「はははは…　冗談だよ冗談。わたしは細川でなく、小泉だよ」といつものように、にこやかに笑って言った。

頭にきて、目が覚めた。

（二〇〇四年七月二十日）

山本富士子

ダイエーか西友で布団と枕とＤＶＤプレーヤーを買って、それを大きな紙袋に入れてもらい、タクシーを拾って運べばいいものを、えっちらおっちら担いで歩いていたら、ぱらぱら雨まで落ちてきて、これはマズイと思ったが、確かこの辺に山本富士子の家があったことを思い出し、ダメもとで、雨が止むまで休ませてもらうべく、頼んでみることにした。

ごめんください、あのう…　と、切り出す間もなく、気の利く山本富士子は、さ、さ、上がって、上がって、と、しなやかな和服姿で応接間にわたしを招じ入れた。こんなことは現実にはあり得ない気がしてドキドキした。

お茶などご馳走になったような気もするが、日本を代表する美人の山本富士子に話し掛けられ気もそぞろ、そうこうしているうちに雨も止み、ありがとうの挨拶を済ませ、おいとますることにした。

また重い荷物を担いで歩き出したのだが、どうも調子が狂っているようで、これはきっと夢に違いないと思い始めていた。

担いだ荷物の重みがだんだん増してくるようだから、下において確かめたかったのだが、雨に濡れた道に置くわけにもゆかず、我慢して何度も担ぎなおし、勤勉なわたしは、ここぞとばかりに勤勉さを発揮して歩きに歩いた。すると、後ろから美しい若やいだ声が聞こえてきて、耳を澄ましたら、どうもその声はさっきの山本富士子なのだった。

山本富士子に妹がいたかと危ぶんだが、二人の会話を耳の後ろで聞いていると、姉妹以外の会話とも思えない。山本富士子は、わたしが雨宿りをしに訪ねたことを妹に話しているようなのだ。へー、そうなの、結構若く見えるわね、など、妹が言うものだから、わたしは絶対に後ろを振り向けないと思った。でも、わたしのことを話題にしているから、まんざらでもない気分だった。それから山本富士子は妹に、三千万円で家を購入しようと思っているという話をした。妹は、こんな時期にそんな高い買い物をしたら、周りから、なんて言われるか知れやしない、と少し語気を荒くして言った。なに、構うものですか、と、山本富士子は言った。

耳の後ろでその話を聞きながら、ツンとした山本富士子の鼻を思い浮かべ、そういうときの山本富士子の表情といったら、どんな女優も敵わないと合点がいったものの、話題がわたしのことから逸れてしまったので、すこし寂しい気がした。

荷物の重さがさらに増し、鼻の下の辺りがむず痒い。どうにも我慢がならず、荷物を下ろして中を見たら大量の土と飴が入っている。直径一メートルほどの飴入りの土団子もあれば、饅頭ぐらいの大きさのものもある。ふと、わたしは自分の体を見た。服もズボンも身に着けていない、くびれだけが強調された裸の、それは蟻だった。蟻なわたしは、飴入り土団子を巣まで運んでゆく途中だったのだ。忘れていた。もはや、山本富士子どころではなくなった。

（二〇〇四年十一月二十九日）

チェンソーヘリ

集会が終って家路を急いでいたら、どこからともなくバラバラバラバラバラと音がしてチェンソーヘリコプターが飛んできた。機体そのものはそれほど大きくはない。ラジコンヘリを少し大きくしたぐらい。ところが、搭載されたプロペラが何で出来ているのか分からぬが、当たるものすべて容赦なく次々と真っ二つにしていく。あんなのに触れでもしたらひとたまりもない。わたしは乗っていた自転車を橋の欄干に凭《もた》せ掛け、走って土手のほうへ下りた。ヘリは自転車もろとも、橋をいとも簡単に切り裂いた。

バラバラバラバラとクルマでも電車でもビルでも橋でも道でも山でも川でも犬猫でもタワーでもダムでも、とにかくなんでも切り刻む。プロペラが何かに当たってチェンソーの音がするとその度にヘリコプターは大きくなるようだった。逃げ惑う人びとでだんだんとそこら中がごった返してくる。何とかという政府が放ったあれは最新兵器なのだという者もあれば、グレたかキレたかした頭脳明晰な小学生が操っているのだという者もいたが、本当のところは誰も分からなかった。

ところで、あのチェンソーの材質は何でしょうなあ。はあ、おそらくアレはダイアモンドと白金とガラムマサラと珪素とゴキブリの糞を合成したものと思われます。それはいかにもありそうなことですなあ。いや、きっとそうでございますよ、天晴れなものだ、そうですか、そうですか。

後ろを振り向いたら、暢気にそんな会話をしていた二人の学者はとっくに首を刎ねられ死んでいた。だから、言わないこっちゃない。

とにかく複雑な場所に逃げ込み時間を稼ぐしかない。ふくざつ、ふくざつと呪文のように唱えながら隠れ家を探して歩いたが、だんだん疲れてくるのか気分も変り、どうも単純でいいかげんな感じがしてくる。

案の定、川っぷちに出たかと思ったら、見たことのある風景だ。橋の片側が折れて川に落ちこんでいるからチェンソーヘリに最初にやられた橋なのだろう。その下をくぐってボートを漕いでいくボート部の学生たちがいる。オールがチェンソーヘリのプロペラに形状が似ているからどうしたのかと思って訊いてみた。すると、チェンソーヘリは鉄鍋の底にプロペラが当たって砕け散り、それを拾ってオールに改造したとのことだった。腑に落ちない箇所もあったが、とりあえず、それで良しとした。脈絡のない空が広がり、なんだか悲しい気がした。

（二〇〇四年十一月二十一日）

ソフトクリーム

風邪をひき、熱にうなされ眠ったせいか、変な夢ばかり見た。

あれは故郷秋田の駅か、昨年社員旅行で訪れた函館の駅、あるいはそれが合成されたような雰囲気の駅で。喉《のど》が乾いていたわたしは「美味しいソフトクリームあります」の看板に目を奪われ、さっそく一つ買うことにする。

間もなくビニールの筒状のものを渡され、訝《いぶか》しく思っていると、「四八〇円になります」と売店の娘は言った。ソフトクリーム一個四八〇円は高過ぎやしないか。でも、わたしにだけ高く売り付けるはずはないから、仕方がない。何か特別の材料と製法で作り、高価になっているのだろう。財布《さいふ》から五〇〇円玉を出して娘に渡し、お釣《つ》りをもらう。

さて、ソフトクリームだ。普通ならコーンに入っているところ、四八〇円もするそのソフトクリームは、まるでジュンサイでも入っているようなビニールの筒に入っており、端を破ってチューチュー吸わなければならない。チューチュー、チューチュー、チューチュー。顔をひょっとこのようにし、いくら吸っても、泥水のような味がするばかりでちっとも美味くない。が、なんだ、この味は！　と怒鳴る気力もない。もう何もかも無意味なような気がしてきた。

グジュグジュになったビニールの筒をゴミ箱に捨て、それから電車に乗った。

ふと思った。あれは、そのまま食べるものではなかったのでは？　あれを材料にし、自宅の台所でソフトクリームが作れるという代物ではなかったか…。とはいっても、戻って確かめる気力もなく、粗忽《そこつ》な自分がほとほと嫌になり、今にも雪が降ってきそうな鉛色の空を、窓からぼんやり眺めていた。体の芯がますます熱くなってくるようだった。

（二〇〇五年二月十二日）

雨

その村へ定期便でいろいろなものを届けに行くのを生業《なりわい》にしている初老の男に随いて、わたしは歩いていた。わたしはまだ小学校に上がるか上がらないかぐらい。

鬱蒼《うっそう》とした森の中を歩いたかと思えば、両側が崖《がけ》っぷちの土手の上だったり、初老の男はこんな道をいつも一人で歩いていたのかと、なんだか悲しくなってきた。

雨が降ってきた。さらに歩をすすめているうちに、今度は目の前が広びろした野原になったのはよかったが、雨が溜《た》まってすでに沼となり、細い道は途中から水の中へ入っていっていた。わたしは不安になり、後ろを振り向いて「このまま進んでも大丈夫でしょうか」と訊いた。男はにこにこ笑いながら「大丈夫、大丈夫」と言った。少し安心し、わたしはまた歩き出した。水は膝ぐらいまで来たが、それ以上は深くならず、細い道は水の中からふたたび顔を見せ、小高い丘へと続くようなのだ。雨も上がり、目的の村がようやく見えてきた。

村では小さな公民館のような建物の中で食事をとっていた。夕飯。老いも若きも男も女も。わたしは黙ってその様子を見ていたのだが、どうもこの村では、食事は皆いっしょにここでとる習慣になっているらしいのだ。小さい村だからなのか、自分の家で食事をすることがなく、持ち回りで食事をつくり、皆で食べる。

ある若い男がいわくありげにオカズの一つを残した。それを見た村の人びとは合点がいったように次つぎと一つだけオカズを残していった。

さっぱり分からない。と、だれかが言った。「○○ちゃんもそうなるかねえ。早いものだ」。村で一人小学校へ上がる娘がいて、そのお祝いにオカズを一つずつ残してやっているようなのだ。ずいぶんしめやかで地味なお祝いと思ったが、どの顔も感謝と喜びに満ちていたから、これはこれでいいのだろうとわたしは考えた。

小屋みたいな小学校の玄関で、今年入学する娘を正面に、村人一同の写真（一枚の写真に収まるぐらいの人数なのだ）を撮った。オカズを最初に残した若い男はどうも先生のようだった。わたしも仲間に入れてもらった。

いつの間にいなくなったのか、周りをいくら眺めても、わたしを村まで案内してくれた初老の男はどこにも見当たらなかった。それが少し気がかりだった。

（二〇〇五年五月三十日）

レポート

雨の中を歩きながら、時間のことばかり気にしていた。恩師から「おや、三浦君ではないか」と悠長《ゆうちょう》に声をかけられた。「いま急いでいますから…」と断わり別れたかったが、世話になっている先生でもあり、あまり素気《そっけ》なくするのは憚《はばか》られ、傘を差しつつ並んで歩いていくと、分かれ道で先生は右へ行こうとする。「先生、それではここで失礼します」。するると先生は、「いや、そっちの道よりもこっちが近い」と言い、断固たる足取りで右の道へ歩を進める。仕方なく随《つ》いて行くと、先生は狭い小路に折れ、城壁のような、ほとんど垂直の壁を革靴ですたすたと登っていく。トカゲでもあるまいに、どうしてそんなことが可能なのか、わたしにはさっぱり分からない。たしかにこの壁を登ることができれば早道には違いない。わたしは、夢のような気持ちで傘を差したまま壁に近づき、利き足の左足をかけたが、現実には一歩も登れない。つるつると馬鹿にされているようなものだ。すると先生は、この世のものではなかったのだろうか。そういえば、雨で傘を差しているとはいうものの、先生のズボンの裾はちっとも濡れていなかった。わたしは、もう一度さっきの分かれ道まで引き返し、反対の道へ進み、ほとんど小走りの状態で先を急いだ。課題として出された三冊はすでに読んでいるけれど、レポート用紙二十枚は容易ではない。まだ一行も書けていない。それに今日は友だち皆でハイキングに行くことになっている。雨だというのに…。

だんだん気持ちがささくれ立ってくる。幹事のM君は真面目だから、とっととレポートを仕上げ、ハイキングの候補地も決めているだろう。

わたしは焦《あせ》ってきて、自分を信じることができなくなっていた。

グラッと揺れてわたしは眼が覚めた。テレビを点けたら関東地方に震度三以上の地震が発生したと告げていた。動悸《どうき》が激しくなっているのが分かる。さっき見た夢のせいなのか、はたまた地震のせいなのか。その時だ。「おや、いま着いたのかね」。先生は端座《たんざ》し、優しく微笑んでいる。城壁ではなく、マンションが建っている崖《がけ》に吹き付けたコンクリートを攀《よ》じ登って、ここまでたどり着いたとしか考えられない、血の気が引いた。これは夢だ！　いつからか、また眠りにつき、夢から覚めた夢を見ていたのだろう。

（二〇〇五年八月七日）

たけし

こんな夢を見た。

その日、わたしの家にたけしがいた。ビートたけし、北野武のたけしである。普通に、いた。

わたしとたけしは、二、三メートルの距離を置き、ウロボロスのような位置関係で、ひじを枕にして寝そべっていた。ふと見ると、わたしのすぐそばに、鎌首をもたげたコブラがいた。ぺろぺろと舌をだしたりしている。恐ろしいことになってきた。落ち着け落ち着けと自分に言い聞かせ、辺りを見ると、なんと、もう一匹いるではないか。万事休す！

「たけしさん、たけしさん、おどろかないでくださいよ。そのままの姿勢で、目も動かさずに、黙ってきいてください。……この部屋にコブラが来ています。それも二匹」

たけしは微動だにしない。こころなしか不敵な笑みを浮かべているようにさえ見える。さすが世界の北野はちがう。泰然自若とは、こういうことを言うのだろう。

と、ああああああああっっっっっ！！！！！！

たけしが飛んだ！　飛んだ！

オバQでもあるまいに（古いか）、鉄人28号でもあるまいに（古いか）、マジンガーZでもあるまいに（古いか）、とにかく、空を飛んだ。飛んでいった。

わたしはコブラの存在など忘れてしまい、世界の北野を追いかけてすたこらさっさと走った。たけしはすでに然るべき場所に到着していて、軍団の若い連中に自分の雄姿を告げている。

やはり、世界の北野だ！

わたしは感慨にふけりながら帰路につく。家に着いた。まだコブラがどこぞに潜んでいるやもしれず、抜き足差し足で部屋に入った。

きゃっきゃっと聞いたことのある声がする。見れば、柳原可奈子。

「いらっしゃいませー」いつものあの高音。

わたしは、なんだか可笑しくなってきた。

「あなた、遅かったじゃないの」柳原可奈子がしなを作って、まとわりついてくる。

「馬鹿。そんなことして、コブラが潜んでいるかもしれないんだぞ」

「まあ怖い」全然怖そうでない。

柳原のおかげで、怖い気配がとんでしまった。

ベランダを小っちゃなエリマキトカゲが二匹、ぱたぱたと走っていった。


（二〇〇九年二月二十三日）

財布

先日、小椋佳さんのコンサートに行ってきました。コンサートのテーマは、最近出したCDのタイトルにちなみ、「邂逅」でした。かいこうと読みます。偶然の出会いとか、めぐり合いという意味ですが、ふつう好い意味でつかわれるけれど、偶然の出会いは、いいものばかりとは限らない、なんて前置きしつつ、小椋さん、これまでの人生で、四度ほどカバンを盗まれたことを話してくれました。四度全部についてではなく、いちばん最近のもの。新幹線で盗られたそうです。

「人を見る目があるんでしょうねえ」などと、小椋さん、とぼけたことをおっしゃっていました。そうおっしゃったあとで歌った歌が「めまい」だったのには笑えました。

ところで、わたし自身のことですが、二日つづけて財布を、盗られたのではなく、忘れた夢を見ました。わたしは現実にもよく忘れ物をします。

さて、どんな夢かというと…　インドの山の上で楽しいひと時を過ごしていたわたしは、下で山形の工藤先生を待たせていることを思い出し、大急ぎで山を駆け下りました。先生お待たせしました！　と近寄ったのですが、頂上の店に財布を忘れたことに気がつき、それには日本へ帰るための切符も入っていたので、先生に訳を話すのもそこそこに、急いで取って返しました。ところが、下りるときは気づかなかったのですが、坂の途中、いくつもの分岐点があり、どちらの道を上ったら頂上にたどり着けるのかがさっぱり分かりません。間違えた道をえらび、崖の上から大きな石が頭上をかすめて落ちていったりします。また分かれ道のところまで戻らなければなりません。行ったり来たりを繰り返し、途方にくれてしまいました。

けさ眼が覚めて、まず一番に、カバンの中の財布を確かめました。ちゃんと、ありました。

（二〇一〇年四月十四日）

第四部

旅のそら

インド旅情

映画『男はつらいよ』で浅丘ルリ子演じるリリーと寅次郎が波止場で語り合う場面がある。「寅次郎忘れな草」の一節だ。リリーは旅から旅への歌い手で、寅次郎から「ちょいとした俺だね。流れ流れの渡り鳥か…」などと冷やかされたりもする。

「兄さんなんかそんなことないかなあ。夜汽車に乗ってさ、外見てるだろ、そうすっと、何もない真っ暗な畑ん中なんかにひとつポツンと灯りがついてて、ああ、こういうとこにも人が住んでるんだろうなあ、そう思ったらなんだか急に悲しくなっちゃって、涙が出ちゃいそうになる時ってないかい？」

前の晩、偶然いっしょの列車に乗り合わせ、故郷を追われた孤児《みなしご》のように、窓外に眼をやり涙を拭いていたことを寅次郎に指摘されたときのリリーの台詞《せりふ》だ。

そういう不意に襲ってくる哀しみは、旅をしたことのある人ならだれでも、（見知らぬ土地への旅でなくても、例えば帰省の列車の中でも）感じるものだろう。寅次郎はフーテン、リリーは旅芸人だが、職業とは関係なく、旅の哀しさ切なさが人生を想わせ、多くの人の共感を呼ぶ。

はじめてインドを訪れてから二十四年が経つ。この間、わたしは高校教師を辞し、東京の会社に十年間身を置き、倒産を機に自ら会社を起こした。教師時代に一度、会社勤めをしていた頃に四度インドを訪れた。

大小のトラブルに巻き込まれ、なんとかそれを遣り過ごして日本に帰ってきたことが誇らしく、インドへ行く前と比べ少し自分が大きくなった気がしたものだ。強烈だったことを事あるごとに思い出し、友人知人、秋田の家族や親戚に話したりもしたが、五年、十年、二十年と経つうちに、強いもの烈《はげ》しいものは鳴りをひそめ、ほんの点描にしか思われなかったことがズームアップされてくる。

一九八七年八月、わたしは職場の同僚と二人でインドの地に立った。インディラ・ガンディー国際空港内にある銀行の出張所で両替を済ませ外へ出たとき、すでに深夜の十一時をまわっていた。たむろしているタクシードライバーの中から、なるべく人相の良さそうな人に声をかけ、荷物をトランクに詰め込みしっかり閉じるのを見届けてから後部座席に滑り込んだ。ガイドブックで予習していたことを実践し、騙されないぞの気合で旅が始まった。乗り込んだタクシーは、わざとか壊れているのか分からなかったがヘッドライトを点けず（点かず？）、よく見ると床に数箇所穴が開いていた。コールタールのような夜の闇のなか、肩肘張った気合が大きな中華鍋に垂れた一滴の雫《しずく》のように弾け、蒸発していくように思われた。

タクシーに乗っている時間が長かったこと、ホテルが思いのほか立派でほんの少し傾《かし》いでいる気がしたこと、最上階の部屋に入り、疲れてそのままベッドに体を投げ出したこと、翌朝眼が覚め眠いまなこを擦《こす》りながら窓の外を眺め、すべてが停まって見えたとき一羽の鳩が左から右へ横切り、初めて自分が今インドにいることを実感したことなどの記憶が次つぎと蘇《よみがえ》ってくる。

デリー、ジャイプル、ジャーンスィー、アーグラーと、北インドの主要な観光地を一週間で回り、わたしはいっぱしの自由旅行者気取りだったかもしれない。

ヴァーラーナスィーに着いた日、とんでもない事件に巻き込まれた。とは言っても元はといえば身から出た錆なのだが…。

ガイドブック片手にウッタルプラデッシュ州の観光課が経営する宿に泊まることにして歩き出すと、例のごとく、ウェラーユーゴーイング？

チープホテール？　チェンジマネー？　ジャパニ？　カンパニ？　チャイニーズ？　と、色黒の男たちに声を掛けられた。ひたすら無視して駅から百メートルほど離れた頃、十歳ぐらいの少年が近づいてきてワットホテールウェラーユーゴーイング？　と訊いてきた。真面目そうな顔つきの少年で、つい心を許してしまった。ガイドブックを差し出しツアリスト・バンガローと叫んだ。それなら知っていると少年は小首を傾げ、手招きしてすたすたと前を歩き出した。

間もなく着いたホテルのフロント（と言っても日本なら銭湯の脱衣場ぐらいの感じ）で、ここはツアリスト・バンガローかと尋ねるとそうだと言う。ホッとため息をつき鍵をもらいあてがわれた部屋に入って荷物を下ろした。一息ついて次の目的地までの切符を買いに駅まで戻った。切符の買い方もそろそろ覚えてきた頃だったから戸惑うことなくカルカッタ行きの切符を手に入れまずは一安心。駅員から宿を尋ねられ、ツアリスト・バンガローと答えた。すると、「ああ、あそこにはバルマンさんという日本びいきの方がおりますよ。結構広い中庭もあって快適でしょう」

え？　中庭なんか無かったぞ。急いで宿に戻り「バルマンさんという方はいますか？」と尋ねた。すると、いま仕事でカナダに行っているとの返事。「中庭はありますか？」これは愚問だった。見ればどこにも中庭が無いことはすぐに分かった。やばいかもしれない。再び駅までとって返した。

「バルマンさんはいまカナダに行っているそうです」

「そんなことはありません。今日も午前中見かけましたから」

「ええっ？　むむ。中庭はありませんでした」

駅員はわたしの目をじっと見据え、「あなたは騙されています。すぐにキャンセルして、別の宿に替えた方が身のためです」と言った。

宿へ戻り、もう一度宿の名前を確かめた。看板の文字は読めなかったが、部屋に置いてある小さなパンフレットにSARASWATI LODGEと書いてあるではないか。あの少年、虫も殺さぬような顔をしてきっとわたしをここに連れてきた見返りに袖の下を握らされたのだろう。広げた荷物を急いでまとめバッグに押し込み鼻息荒くカウンターへ行き、騙した男を怒鳴りつけた。

「アイワントゥキャンセル！」

そんな英語でも通じることは通じた。男はさっと顔色を変えた。と、思う間もなく、どこに隠れ潜んでいたのか、いかがわしい男ども十数人がドドッと現れ、わたしと同僚の周りをぐるりと取り囲んだ。例の男が近づいてきてわたしの目の前に顔を突き出した。

「出て行くならカレーを食ってからにしろ」

中に眠り薬ぐらいは混じっていたかもしれないが、死ぬこともあるまいと思い、手を震わせながらカレーをかっこんだ。

正確な数字は思い出せないが、当時のレートで確か七千円ほどをルピーで払い、荷物を担《かつ》ぎ一目散に宿を飛び出した。

夜はとっぷりと暮れている。深い闇の中をめくら滅法に走った。路上の人間や犬や牛にぶつかりながらひたすらツアリスト・バンガローを目指した。途中振り向くと、同僚が必死の形相でついてきた。なぜわたしは彼女の手を握って走らなかったのだろう。

足裏から煙が出るほど走りに走りやっと目的の場所にたどり着いた。古い建物ではあるがゆったりとした構えで、いかにも州が経営する宿泊施設といった風情を漂わせている。ドアの向こう、暗がりに眼をやると中庭に灯りがともっていた。

カウンターでその日遭《あ》った出来事をつぶさに（と言ってもボディ・ランゲージに毛の生えたような英語で）説明すると、だんだんと人だかりができて、カウンターの人物が手で合図をし、ちょっとそこで待つように言われた。間もなく奥から眼鏡を掛けた恰幅《かっぷく》のいい中年男性が現れ握手を求めてきた。バルマン氏だった。日本の著名な作家とも知り合いで、日本を何度か訪れたことがあるという。彼にもう一度、その日のトラブルを身振り手振りで説明した。ふんふんと頷《うなず》きながら聞いていた氏は、やおら傍にいた数名に指示し、わたしにも随《つ》いてくるように手招きした。

ジープが一台用意され、屈強の若者三人とバルマン氏とわたしが乗り込んだ。一路サラスワティ・ロッジへ。逃げたときはメロスのような気分だったが、車だとあっという間だった。車から降り、宿のドアを蹴破って乗り込む勢いはまるでアメリカ映画のよう。鋭い舌戦《ぜっせん》が繰り広げられ、ようやく落ち着いたかと思ったら、バルマン氏が振り向き、いくら払ったかとわたしに訊いた。ルピーの額を告げると、宿側に命令しそっくり取り返してくれた。

その間、屈強の若者三人はといえば、適当な位置に立ち、腕を後ろ手に組んでギリシア様式の柱よろしくしっかりとガードしていた。

一件落着。再びジープに乗り込みツアリスト・バンガローへ。わたしは一躍有名人になっていた。たちの悪い宿に騙されたどじな日本人観光客というわけである。それをバルマン氏が助けてやった…。赤いシャツを着たひときわ色の黒い小柄な老人が、眼をきらきらさせてわたしを見ていた。

やれやれと胸を撫で下ろしていると、バルマン氏から宿題を出された。その日、ヴァーラーナスィーに着いてからのこと、特にサラスワティ・ロッジで騙された経緯をできるだけ細かく具体的に書いてほしい。明朝までにお願いします。営業停止の手続きをとるのに必要ですから云々。部屋に行きさっそく宿題に取り掛かる。英語の辞書を持ってこなかったことが恨めしかった。天井で大きな羽根の扇風機がゆっくりと回っていた。

レポート用紙三枚を書き終えたとき、すでに三時を過ぎていた。それにしてもと思った。無理やり食わされたあのカレー、どんな意味があったのだろう…。

七時に眼が覚め、事務所へ行きバルマン氏の代わりの人にレポートを提出した。バルマン氏は仕事で外出しているとのことだった。

気を抜けば閉じようとする眼をこすりながら、同僚と宿の食堂へ行き、パンとスクランブルエッグとコーヒーを二人分たのんだ。

離れたところを赤いシャツの老人、と思っていた男が、よく見れば老人ではなく、四十も半ばは過ぎていないと思われ、人懐っこい笑顔を投げてよこし、土色の雑巾《ぞうきん》の付いたモップで床を掃除していた。それが彼の仕事なのだろう。

十一年後、再び彼に会うことになるとだれが想像しただろう。人生は何が起こるか分からない。われわれは確かに皆、熱情を秘めた孤児《みなしご》なのだ…。

朝食後、わたしは同僚と二人でガートに向かった。宿の外にはわたしたちを騙したサラスワティ・ロッジの若い衆が二人、獲物を待ち構える鷲《わし》の風情でこちらを睨《にら》んでいる。宿の敷地内でリキシャーを拾いガートへ直行した。

ガートは狭い路地を抜けたところにあるらしく、かなり手前でリキシャーから降ろされた。鉄を焼いたような臭いに汗と糞と泥と甘いお香のかおりが混じりあい、頭がクラクラしてくる。なにかに引きずられるようにして歩いていくと、いきなりぽっかり広いスペースへ出て、そこが目的のガートと知る。近くに火葬場があった。蹲《うずくま》っているのは日本人女性のようだ。傍にいたインド人に介抱《かいほう》されどこかへ運ばれていった。あまりの臭いに気持ち悪くなったのだろうか。

頼みもしないのに、一人の青年がやって来て焼き場の説明をしてくれた。完全に焼けるまで女は二時間半、男は三時間を要する。生前、男は肉体労働をして肉が締まっているから焼きが回るのにそれだけ時間がかかる…。本当だろうか。

とにかく近くまで行ってみることに。焼き場の人間が竹の棒を持ち、燃える人間の死体を上手に扱っている。空は抜けるように青い。ガンジス川はただの泥河にしか見えない。焼かれた腕や脚がボキボキ折られ、内臓はジュージュー音を立てる。神秘のかけらもない。強烈な臭いに目と鼻をやられ、ぼうっとなっていたとき、ボン！　という破裂音がした。なんだかとっても可笑しかった。空も河も牛も人も虫も森羅万象が巨大な笑いに取り込まれ揺れている。無性に鼻が痒《かゆ》くなり、ぐりぐりと擦《こす》ってわたしは同僚の手を引きその場を逃れた。

初めてのインド旅行の翌年、わたしは勤めていた高校を辞め、東京の出版社に就職。いっしょに旅した同僚とはその後結婚し、離婚した。

わたしは勤務先の社長と同行することが多くなり、それは海外にまで及んだ。仕事半分、遊び半分の旅はすこぶる面白かった。アメリカ、中国、台湾、韓国、タイなどを案内した後、わたしはインド旅行を社長に提案した。

六月の暑い季節、社長を連れ、北インドの主な観光地を巡り、ヴァーラーナスィーに入った。宿はツアリスト・バンガローにした。カウンターで宿泊の手続きをしながら、わたしはなにか探しものでもするように周囲に眼を遣《や》った。

荷物を部屋に置きその足でガンジス川へ向かった。社長が火葬場は見たくないというので、それならとボートをたのみ、しばらく舟遊びをして楽しんだ後、宿へ戻り、それぞれの部屋に別れた。わたしは、初めてインドを訪れてからの十一年間に思いをめぐらした。「われわれは皆、哀れ、燃える熱情を秘めた孤児《みなしご》なのだ」の言葉が不意に口をついて出た。アルメニア系移民の家に生まれたサロイヤンの作品中の言葉である。孤独なアラビア人が登場する篇であるが、彼の孤独はひとりアラビア人だけのものではないだろう。

翌朝、社長を起こし、中庭を挟んだ向かい側にある食堂へ行った。パンとスクランブルエッグとコーヒーを二人分たのんだ。お世辞にも高級とはいえない、塗りが少し剝《は》がれている白いテーブルに着いて食事をしていると、入口近くで掃除をしている赤いシャツの男が目に入った。男は気が付かない風だった。わたしは席を立ち、ゆっくり男のほうへ向かった。男の顔がはっきりと見分けがつく距離になったとき、男も気配を察したのか、顔を上げ、わたしを見た。二人、しばらく呆然としていた。どちらからともなく、静かに両手を差し出し握手した。男の十一年間はどうだったろうと思った。子どもたちは大きくなっただろうか。白髪《しらが》は孫の病気のことで増えたものか。奥さんとは仲良くやっているだろうか…。わたしの勝手な想像は、わたしに対する男の想像でもあったかもしれない。握手した手を離し、男はシャツの塵《ちり》を払うしぐさをした。わたしは男にお辞儀をし、その場を離れた。

社長のいるテーブルに戻り、わたしは黙って残りの食事を平らげた。席を立ったとき、次の場所へ移ったのか、男の姿はもうどこにも見えなかった。二度と会うことはないだろう。それでいいのだと思った。

その日の夕刻、わたしと社長はヴァーラーナスィーを後にし、汽車でカルカッタへ向かった。

人とすみかと

秋田県井川村立井川東小学校。わたしが通った小学校で、今はその校舎も村もない。小学校は一九七一年に西小学校と統合し井川小学校となり、村は一九七四年に町になった。

五月の連休に帰省した折、かつて小学校が建っていた荒れ果てた草地に立ってみた。眼を閉じると、すぐそばを流れる井川のせせらぎが聞こえるようで驚き、眼をひらき、ひとつふたつ深呼吸をして再び眼を閉じた。正面に二宮金次郎の像がある木造二階建ての建物がありありと目に浮かんだ。

一年生から三年生までは、校門を入り、正面から右手に回り、とび出た玄関口に靴箱があった。二年生のとき、授業中先生の話を聞かずに後ろを向いてぺちゃくちゃおしゃべりばかりしていたS君を注意したら、授業が終った後、井川が流れる土手に連れていかれ、ぼこぼこに殴られた。S君は手が付けられないほどの荒くれで、その後三十数年して自ら運転する自動車ごと崖から海に突っ込み帰らぬ人となった。井川は、台風が来ると大量の水があふれ出し、魚を素手で捕まえることができた。

小学校三年生のとき、児童会室を掃除していたときだ。T君が掃除しているぼくのところに飛んできて、「Kさんが君に遊びに来て欲しいって言ってたよ。遊びに来てくれたら裸を見せてあげるって。君に訊いてきてくれってさ」。Kさんは席がわたしの隣りの丸くて小さい女の子だった。T君の表情からそれが口からでまかせの言葉でないことはすぐにわかったが、そのころは女性の裸よりもソフトボールやカブトムシに興味があったから、誘いを断った。冬になり、わたしは水疱瘡にかかった。それが伝染病であることをだいぶ後になってから知った。わたしは具合の悪さを押して一日も休まず登校した。すると、隣りのKさんが学校を休みそれが一週間ほどつづいた。登校してきたとき、Kさんに水疱瘡をうつしたことを謝った記憶はない。Kさんはとりたてて目立つところのない、おとなしい子だった。中学も一緒だったが、同じクラスになることもなく、卒業と同時にすっかり忘れていた。

後年、わたしの祖母が亡くなり焼き場に行った時、背が高く髪の長い美しい女性が会場で人の誘導にあたっていた。モノトーンの火葬場でひとり華やいで見えた。祖母が焼かれ、まだ熱い遺骨を箸で取り上げ、空白の時間が流れていった後、ぽつんとひとりたたずんでいると「まもるくんじゃないですか」と声を掛けられた。見れば、さっきの美しい女性だった。「わたし、〇〇Kです」。「はあ…」。「忘れたの？ 同級生の〇〇Kです」。「ああ、Kさん…」わたしはKさんのあまりの変りようにどぎまぎしてしまい、しどろもどろになりながら、謝って済むことではないけれど三十年前の水疱瘡の一件を話し、詫びた。Kさんは「へー、そんなことあったかしら」と言った。忘れた振りをしてくれたのかもしれない。わたしは水疱瘡のことは詫びたが、裸の一件については話さなかった。

四年生のとき、朝、ストーブの上でチンチン鳴っていた薬缶をひっくり返し、左足の甲に大火傷を負ってしばらく松葉杖で登校した。……

静かに眼をあけた。ながく瞑目していたせいか、周囲が赤黒く見える。味や匂いが古い記憶を呼び覚ますことは知っている。が、昔建物があったその場所に立つことで、過去は痛みや悔いや正しさへの情熱まで伴いまざまざとよみがえった。

伸びた草を払いながら土手に上がると、出羽山系の奥に発した水が静かに流れていく。行く川の流れは絶えずして…　センチメンタルな想いに堕しそうになり、わたしはあわてて気を取り直し、その日の予定をこなすことに頭を切り替えた。

ふるさとが効く——あとがき

インドを初めて旅したときの驚きを、その年の暮れから正月にかけて秋田に帰り、集まった親戚の前で話したことがあった。祖父も祖母も、まだ元気だった。

祖父は生前、当時はまだ日本だった樺太まで行ったことがあると言っていたが、祖母は外国の土地を踏んだことがない。トラブル続きのわたしのインド旅行話に眼をきらきらさせながら聞き入っていたことを昨日のように思い出す。聞いてもらえることがうれしくて、すこし話をデフォルメし大げさに話したりもした気がする。

インドをはじめ、少なくない回数、外国を旅しながら考えたことは、人間は、サロイヤンの小説の言葉どおり、熱情を秘め孤独を抱えて生きるしかないということ、どれほど遠くふるさとを離れていても、室生犀星の言葉どおりふるさとを思わぬ日はなく、離れれば離れるほど虚無の空は広がり、その分ふるさとへの思いは深くなるということ、旅の途上もふるさとの山河が静かにゆたかに語りかけてくれ、それが孤独には最も効きそうであること、九州水俣で生まれ旅をよくする歌人であり民俗学者の谷川健一氏が「なぎさに死なむ」という一連の歌をつくったように人の冀《こいねが》う死に場所は、生まれ故郷にかぎらずとも、ふるさとを措いて他にないということである。その意味でふるさとは虚無の墓場であり、また揺り籠であると言えようか。

昨年、『出版は風まかせ』を上梓したが、その際、二冊目を刊行しようなどとは思ってもみなかった。が、読んでくださった方がたからありがたい手紙や葉書をいただくたびに、変な話だが、気持ちが軽くなっていることに気づかされた。多くの方が読んでくださったことで、おこがましいけれど、本に書いたことはわたし自身、もう忘れていいのだという気にもなった。書いたことで、その分だけ「虚」になったといえばいいだろうか。その体験を通して、父や母、父につながる秋田の人びとと風土の「実」が気になりだし、それを今度は書いてみたくなった。わたしの秋田は父の秋田であり、片方しかない父の眼に映じた秋田を書いてみたくなったのだ。

祖父友治、祖母リエ、父の二人の弟、一人の姉と四人の妹、従兄の清作、信造、密殺した馬や飼い犬のコロ、出稼ぎで命を落とした九州の男性とその家族など、父の眼にどんな風に映じているのだろう。

第一部は主に父から聞いた話をまとめたものだが、二重映しになってこれからしばらくわたしの記憶にとどまるだろう。時が経つにつれ別の光が当たり、そのときはなんでもなかったことがことさら意味を持ち始めてくる。それは恩寵《おんちょう》といっていいかもしれない。インドの旅がそうであったように。第二部と第三部は、春風社のホームページに載せている「港町横濱よもやま日記」

からふさわしいものを収録した。第四部の「インド旅情」は書き下ろし、「人とすみかと」は社団法人・全国ビルメンテナンス協会発行の『月刊ビルメンテナンス』二〇〇九年十月号に寄せたもの。

かなり私的な内容であるけれど、父や母、父の弟妹たちのエピソードが秋田の土地に触れ、人びとの暮らしにつながり、そこから庶民の暮らしの一端をでも読み取っていただく因《よすが》になれば幸いである。

最後に、本書出版に際し何くれとなく支えてくれた妻裕子、春風社のスタッフ一同に感謝します。

著者
三浦衛（みうら　まもる）
春風社代表取締役。一九五七年秋田県生まれ。
東北大学経済学部卒業後、
神奈川県内の私立高校で社会科教諭を七年間務める。
その後、東京都内の出版社に勤務。
九九年、春風社を創業。
学術書を中心に現在まで約三三〇点を刊行。
著書に『出版は風まかせ——おとぼけ社長奮闘記』
（二〇〇九年、春風社）がある。

父のふるさと　秋田往来

二〇一〇年一一月一九日　初版発行

著者　三浦衛

発行者　三浦衛

発行所　春風社

横浜市西区紅葉ヶ丘五三　横浜市教育会館三階

電話　〇四五・二六一・三一六八

FAX　〇四五・二六一・三一六九

http://www.shumpu.com

振替　〇〇二〇〇・一・三七五二四

装丁　矢萩多聞

題字・版画　矢萩英雄

本文印刷　内外文字印刷株式会社

製函　株式会社ナルシマ

付物印刷・製本　シナノ書籍印刷株式会社

All Rights Reserved. Printed in Japan.

© Mamoru Miura.

ISBN 978-4-86110-243-1 C0095¥1905E

JASRAC出1011535-001